『東篁遺稿』研究

――吉田東篁と陶淵明――

前川幸雄　著

吉田東篁先生肖像

『杉田鶉山翁』鶉山會發行より

目次

前書き

吉田東篁の生存期間は、文化五年（一八〇八）から明治八年（一八七五）の六十八年間である。一方松平慶永（春嶽）は、文政十一年（一八二八）〜明治二十三年（一八九〇）の六十三年間である。

吉田東篁が藩校正義堂で句読師となったのは、天保二年（一八三一）二十四歳頃で、藩校明道館で教授兼侍講の職を解かれたのは明治元年（一八六八）六十一歳である。一方第十六代藩主となった松平慶永（春嶽）の在職期間は、天保九年（一八三八）十一歳〜安政五年（一八五八）三十一歳の二十年間である。（注）しかし、春嶽は藩主を退いてからも、十年余り政治に関わった。中央政局から引退するのは明治三年（一八七〇）四十三歳である。

吉田東篁の生存期間は、幕末期から明治初期で、幕末期は政治と教育の活動で、退職後は教育活動であった。松平春嶽は福井藩主であるから活動は当然政治活動であり、引退後は文筆生活であった。

吉田東篁は幕末期に活動した。松平春嶽は幕末期から明治二十年代初めにかけて活動したから、幕末期については両者が重なる。

詩集「東篁遺稿」の巻頭にある慶永（春嶽）の短歌は、両者の関わりの深さと、吉田東篁に対する春嶽の気持が示されている。

その他の漢詩、漢文は東篁の弟子たち、及び漢文作家の書いた作品であり、東篁の人柄、その学問がよく分かる内容になっている。【語釈】欄の（人名）に、福井藩の人物の経歴を多く載せたのは、藩の情況がよく分かるからである。

『東篁遺稿』研究は、東篁の漢詩の中に見られる「陶淵明」の影響を二十数篇の作品によって考察したものである。日本人の受容の様相が伺えると思う。

また、「附録」にあげた「記」二篇は東篁の詩に関係があるからであるが、同時に、春嶽の文人としての心境の一端を示す作品として注目されるからである。

（注）ここでは諸書の記述に従った。なお舟澤茂樹著『福井藩』現代書館、二〇一〇年十一月二十日発行では「第十七代」と記す。同書一九四、一九五頁参照。

◎人名の記事は、引用した文献の編著者名・『書名』・出版所名・頁数等を初出の箇所に示すが、特に記さない場合は一般の事典等による。

◎該当する人物に、引用文献以後の「研究文献」があることに気付いた場合は、それも記す。

第一部　『東篁遺稿』序の体裁と内容、解説と注釈

一　「短歌」（松平春嶽作）と解説

（変体仮名と現代の表記を記す）

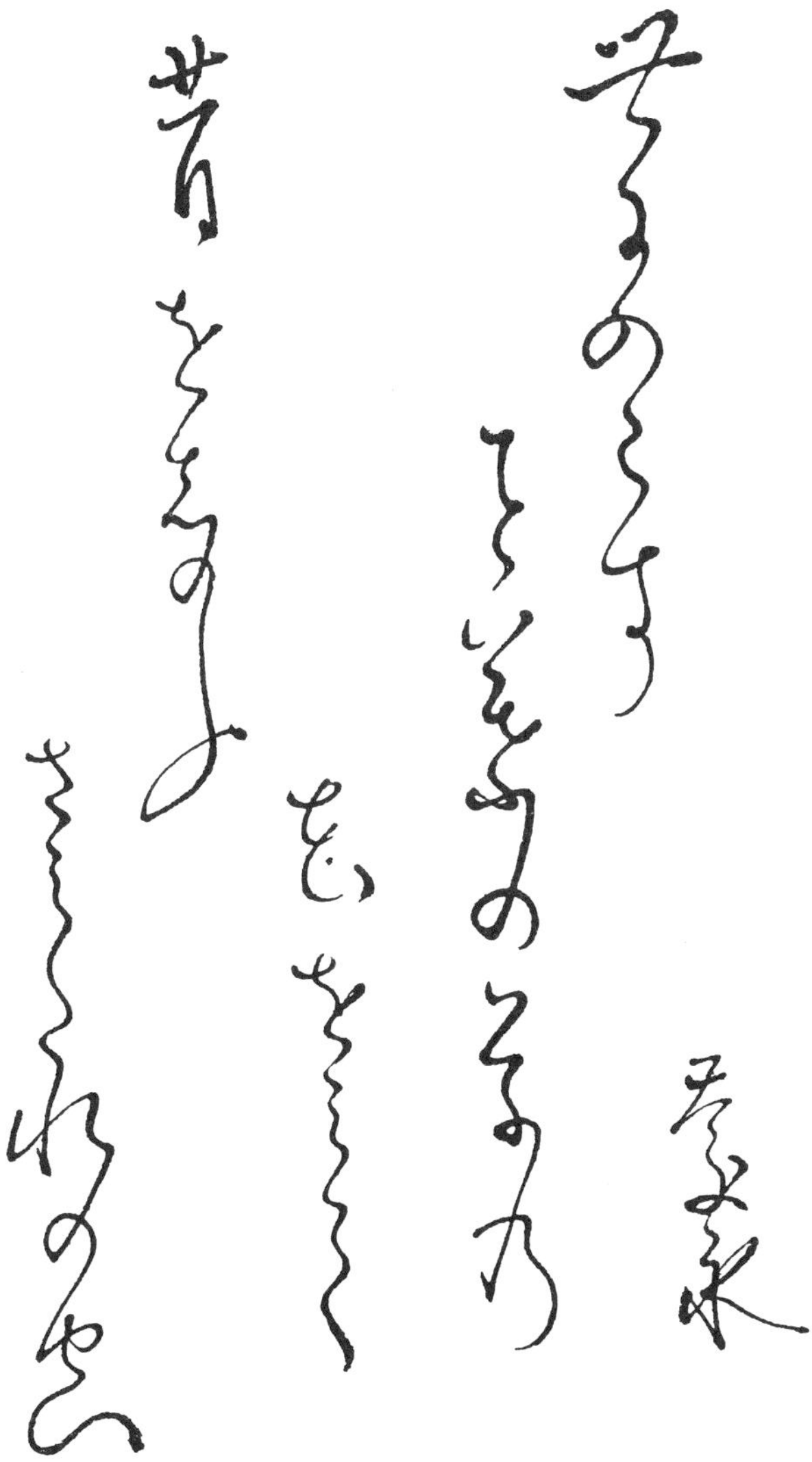

慶永

世爾乃己寸

己止葉乃草乃

花遠三天

昔遠志乃不

左三多礼乃空

慶永

世にのこす（残）
こと（言）葉の草の
花をミて（見）
昔を志のぶ（偲）
さミだれ（五月雨）の空

二　「題吉田東篁先生遺稿」（杉田定一作）と注釈

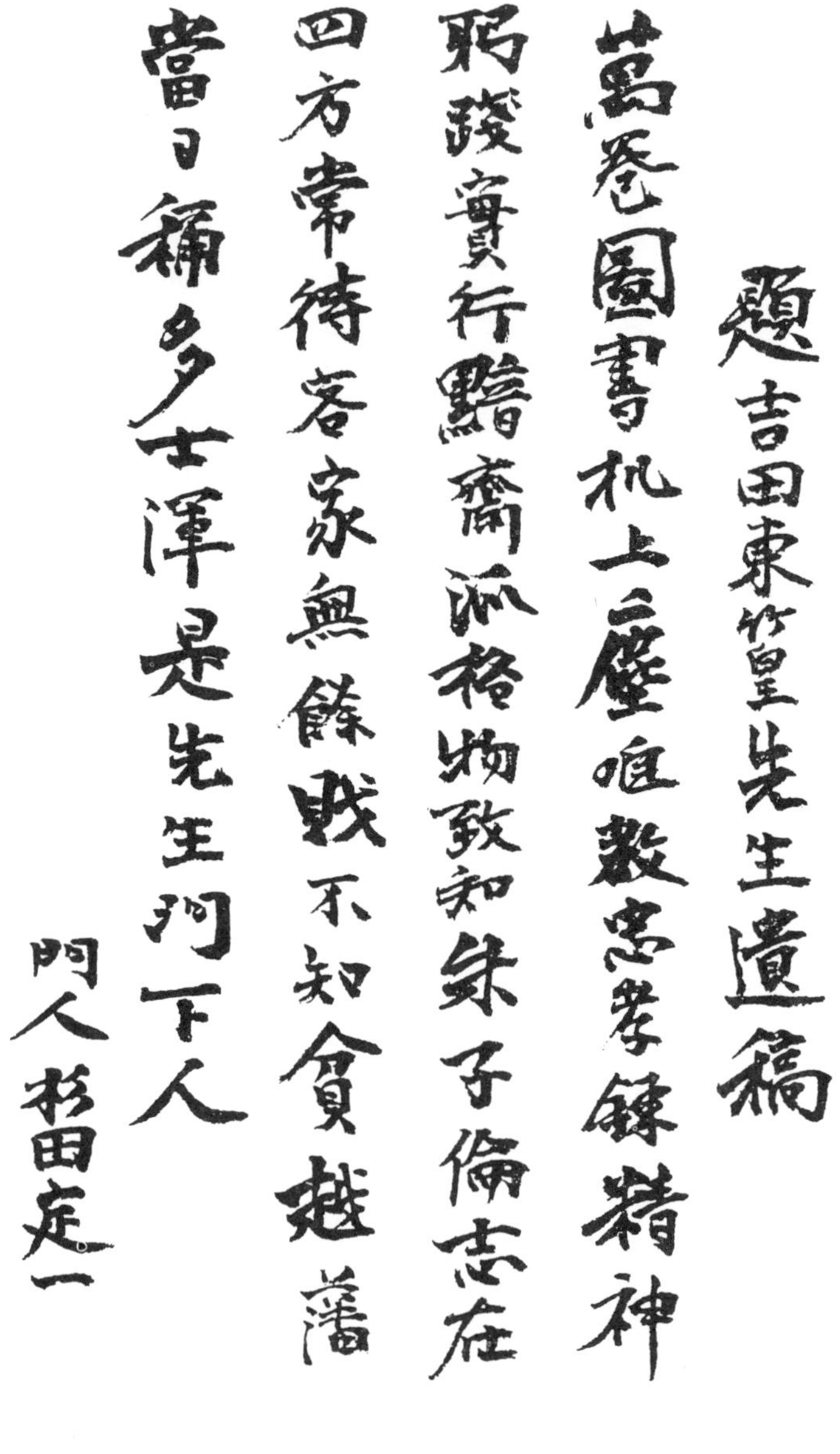

題吉田東篁先生遺稿
萬卷圖書机上塵唯教忠孝錬精神
躬踐實行闇齋派格物致知朱子倫志在
四方常待客家無餘財不知貧越藩
當日稱多士渾是先生門下人
門人杉田定一

題吉田東篁先生遺稿　吉田東篁先生の遺稿に題す

門人　杉田定一

萬巻圖書机上塵　万巻の図書　机上の塵、
唯教忠孝錬精神　唯だ忠孝を教へ　精神を錬る。
躬踐實行黯齋派　躬践実行　黯（闇）斎派にして、
格物致知朱子倫　格物致知　朱子の倫。
志在四方常待客　志は四方に在りて　常に客を待ち、
家無餘財不知貧　家に余財無きも　貧を知らず。
越藩當日稱多士　越藩当日　多士を称す、
渾是先生門下人　渾て是れ先生門下の人。

【書き下し文】

【解題】（出典）『東篁遺稿』
（題意）吉田東篁先生の遺稿について（この詩を）作る。

【押韻】塵・神・倫・貧・人（上平眞韻）

【通釈】

（先生の書斎には）沢山の書籍があり机の上には塵も積もっていたが、
（先生は塾生に）ひたすら忠孝の考え方を教え精神の鍛錬をしていらっしゃった。
（先生は）実践躬行を説いた山崎闇斎学派の人であり、
格物致知を説く朱子の学徒でもあられた。
（先生の）志は四方（天下で活躍すること）にあり訪ねて来る客にいつも応対され、
家に余分の財力はなかったが貧乏を気にもかけられなかった。
越前藩は当時勝れた人物が多いといわれていたが、
（それらの人物は）全て先生の塾で学んだ門下生たちである。

吉田東篁の門下生　杉田定一

【語釈】

○万巻—多くの書物。○忠孝—忠義と孝行。○躬践実行—実践躬行。みずから実行すること（人名・「山崎闇斎」を参照）。

○格物致知—『大学』の実践道徳。

☆「朱子の説」は、「事物の道理をきわめて、自分の天から与えられた知性をきわめつくすこと」と説く。八条目（格物・致知・誠意・正心・修身・斉家・治国・平天下）中の「格物致知」を、朱子は「知を致《いた》すは、物に格《いた》るにあり」と解し、「天下の事物にはそれぞれ理が宿っているから、一つ一つの事物の理を徹底的にきわめつくすことが、やがて自分の知識を明らかにすることになる」と説いた。

☆「王陽明の説」は、「自分の意志の発動する一つ一つの事物を正しくして、天から与えられた良知をきわめ明らかにすること」と説く。王陽明は「格物致知」を「知を致《きは》むるは、物《こと》を格《ただ》すにあり」と解し、「物は遺志の発動するところにほかならないから、なそうとする事物の善悪を正すことが良知をきわめることである」と説く。両者の「格物致知」の解釈は、根本的に違っており、これが、朱子学と陽明学の分岐点になっている。

○第二、三句は東篁の教育内容でもあった。「吉田東篁先生傳」を参照。

○第五句の「四方」は「礼記」の句を意識していると思う。「桑蓬の訳」—桑弧蓬矢—桑の木の弓と蓬の矢。昔男子が産まれたとき、これで天地四方を射て将来四方に雄飛することを祝った。「男子生、桑弧蓬矢六、以射天地四方。天地四方者、男子之所有事也。」（「礼記」射義第四十六）。「男子生るれば、桑の弧蓬の矢六つ、以て天地四方を射る。天地四方は、男子の事有る所なり。」（男子が生まれると、桑の弓に蓬の矢六筋で天地四方を射る。天地四方は男子が事をなす場所だからである。）

○「常待客」は周公旦を考えたかも知れない。

（人名）

○杉田定一（鶉山）—嘉永四年（一八五一）～昭和四年（一九二九）。政治家。衆議院議長。嘉永四年、坂井郡鶉《うずら》村《むら》波《なみ》寄《よせ》（現福井市波寄町）で杉田仙十郎・隆夫妻の長男として生まれた。幼名鶴吉郎。杉田家は代々大庄屋を務める豪農で、五歳のとき母が病死したので、父仙十郎は妻供養のため、郷民のためとして郷民のために学校を建てたが、身分不相応として処罰を受けた。一〇歳で名付け親の三国滝谷寺《たきだんじ》の道雅《どうが》（定一の名と鶉山の号）一七歳で吉田東篁に学び、明治元年（一八六八）より大阪・江戸で理化学のち政治学・語学等を学ぶ。一時帰郷したが明治八年（一八七五）再び上京し、自由民権運動に没頭。「采風《さいふう》新聞」筆禍事件で明治九年に下獄し、その後「評論新聞」に入社、西南戦争勃発で東北に第二維新を企て失意。土佐の板垣退助を訪れ、言論の時代と諭され全国遊説・愛国社再興に貢献し帰郷した。明治一一年（一八七八）父と協力して地租改正反対運動の先頭に立ち下獄。翌年「自郷学舎」を開設、板垣派の支援を得て地租軽減に成功。〝明治の宗吾〟とたたえられた。また板垣らと協力して国会開設運動や自由党に参加。これは全国的に広がり、政府は弾圧に乗り出し、明治十四年三度目の下獄となった。明治十五年「北陸自由新聞」を創刊し、政治思想の啓発に努力。明治二二年（一八八九）県会議長として、憲法発布式典へ参加。第一回総選挙以来九回当選、隈板《わいはん》内閣の北海道長官、政友会の結成促進、衆議院副議長を経て、明治三十九年（一九〇六）県人初の衆議院議長となり、明治四十四年貴族院議員に勅撰される。父の遺志を継ぎ、九頭竜川等三大河川改修や国鉄三国線の建設等に献身。〝治水の神様〟〝農民の父〟と仰がれた。家財を失ってしまい、いわゆる〝井戸塀《いどべい》議員〟となった。昭和四年三月二三日、東京で死去した。

（印牧邦雄監修『郷土歴史人物事典』第一法規出版株式会社、昭和六〇年初版発行。一五七・一五八頁）

なお、福井市の足羽山に「杉田定一記念碑」がある。

○闇斎—山崎闇斎。元和四年（一六一八）十二月九日生～天和二年（一六八二）九月十六日没。年六十五。江戸時代、京都の人。名は嘉・柯。字は敬義（もりよし）。通称は嘉右衛門。号は闇斎・垂加・梅庵。初め叡山に入り、次いで洛西の妙心寺に転じて禅学を究め、寛永十三年（一六三六）十九歳のとき土佐国に至り、吸江寺に住した。土佐にあること十年、この間、野中兼山・小倉三省に朱子学の指導を受け、（南学の祖）谷時中《じちゅう》の講説を聞いた。

寛永十九年（一六四二）兼山の勧めで仏道を去って程朱の学に専念し、四書・朱子文集・語類などを読んだ。正保（一六四四―一六四八）年中、京都に帰り、この間、発表した「闢異（へきい）」は仏道を異端として排撃したもので、時に三十歳。これ以後、もっぱら程朱聖賢の道を奉じて子弟に講説した。その子弟教育は実践躬行を重んじて峻厳であった。万治元年（一六五八）江戸に下り、寛文五年（一六六五）会津藩主保科正之に聘せられて殊遇を受け、正之の思想と会津藩の教学振興に大きな影響を与えた。藩主の没後、また京都に帰り、門人数千人に及んだ。晩年、吉川惟足から神道説を学び、朱子学の教理に基づいて神道を解明し、一家の見を立てた。世に垂加流神道と称せられる。

（近藤春雄著『日本漢文学大事典』明治書院　平成三年初版四刷刊。六七七～六七八頁）

○朱子（朱熹）―（南宋）高宗の建炎四年（一一三〇）～寧宗の慶元六年（一二〇〇）。中国、南宋の儒学者。字（あざな）は元晦（げんかい）・仲晦。号は晦庵・晦翁。朱子・朱文公と尊称される。北宋の周敦頤（しゅうとんい）・程顥（ていこう）・程頤（ていい）らの学説を総合して朱子学を大成した。死後、朱子学が儒学の正統とされ、元代以降官学として採用されたため、四書尊重の風など後世に大きな影響を及ぼした。主著「朱文公文集」「四書集注」「資治通鑑綱目」「近思録」などがある。

【余説】

○第六句は杉田定一（鶉山）の生き方そのものでもあった。

○『前川幸雄詩集　弐楽半のうた』（土曜美術社出版販売、二〇一七年九月刊）に「杉田鶉山の二冊の漢詩集」という散文詩を載せた。

三　「遺愛帖」に寄せた手紙（松平春嶽作）と解説

予本日泉邸に遊はんとす車に乘らんと思ひたちたる時笹川章門來り先師東篁先生諸名家竝藩臣往復の書を示す這回一帖の卷として後世に傳へんと予に題辭を求む我も亦先生の門生のみならす此藩中の士氣を振起し禮義を知り學問の一變するは此先生の功に在り予辭せすして所意を縱に記するは誰そ松平慶永

明治十年五月十八日

此書は吉田家に藏せる遺愛帖と云ふに從一位松平春嶽公の題せられたる親筆の寫なり前の石版摺の和歌は明治十四年六月十五日東篁先生遺集抄に同しく公の題せられたる直筆なり

【通釈】

余は、今日泉邸で遊ぼう（一息入れよう）とした。車に乗ろうと思い立ったときに、笹川章門がやって来て、先師東篁先生と諸名家並びに藩臣との往復の書簡を示した。（そして）今回一帖の巻物として後世に伝えたいと思います。（ついては）題字を（お願い申し上げます）と余に求めた。私もまた先生の門下生であるのみならず、（先生は）この藩の中の士気を奮い起こし、礼儀を知（らしめ）、学問を一変させた。それは、この先生の功績である。私は辞退せずに思うところを思いのままに記したのは誰か（それは）松平慶永である。

明治十年五月十八日

この書は吉田家に所蔵する「遺愛帖」という（もの）に従一位松平春嶽公が書かれた親筆の写しである。前の石版摺の和歌は明治十四年六月十五日に、東篁先生遺集抄に同じく（松平春嶽）公の書かれた直筆である。

（泉邸）とは「養浩館」のことである。（ここは、もと松平家の別邸であったが、第三代忠昌時代に藩邸となり、芝原上水を引き込んで泉水屋敷となった。）

・泉水とは、自然の泉を利用するか、人工的に水を引いて庭園や広場などに噴水、落水、池などを設けたもの。

（笹川章門）通称は初め信次郎、慶応三年に欽之亮、明治に入って章門と改名。福井藩士笹川藤内（知行一五〇石）の倅。部屋住みの頃から藩の補兵隊、遊撃隊に属し、明治三年には軍曹、翌四年病気により軍務を退いた。同五年、父藤内隠居により家督を相続。給禄は三十七石五斗壱升三合。（福井県文書館資料叢書11『福井藩士履歴3』平成二十七年二月二十五日　福井県文書館編集刊の一二二・三頁参照）

四 「吉田東篁先生傳」(門人・山口透譔)と注釈

吉田東篁先生傳

門人 山口 透 譔

先生姓吉田氏。名篤。字士行。稱悌藏。東篁其號。越前福井人。父曰鄰紀。母族女。先生爲人淳實。臨事剛正善斷。幼好讀書。從藩儒前田梅洞、淸田松堂游。比成童略通大義。既長。最用力經術。實踐講究。有所發明。遠近請敎。屐常塡門。藩主春岳公召爲學官。班大番士。累進書院番士。命學校敎授兼侍讀。嘉永以降。天下日多事。先生謂我藩爲幕府懿親。宜陶冶人材。釐革弊政。以爲列藩群侯之軌。其徒本多鈴木諸氏前後擢在要職。衆賢彙進。闔藩向風。而先生專以敎育爲己任。旁應當路諮詢。美艦要互市。海內騷然。士論紛起。先生赴江戸。與藤田東湖。藤森弘菴等諸名士。商議時事。曰。鎖國非國家長計。然見迫而開國。內損士氣。外速輕侮。說以事情。以緩其期。上下一致。速爲

東篁先生傳　二

後圖。不聞。反復之。克制機宜。以爲我計耳。時將軍家定病。儲嗣未定。衆皆望一橋慶喜賢且長入爲嗣。先生亦持此說。門人橋本左內等承旨奔走。大老井伊直弼與德川齊昭議不合。相擠排。爲黨與。先生憂之。說二侯重臣。往復周旋。專力調停。而事不行。幕府大興黨獄。春岳公蒙譴屛居。左內投獄處斬。先生歎曰。吾固知有今日。莫如之何。後謂公曰。臣嘗進講郭汾陽傳。切勸以寬弘處事。疾惡無甚。且言且泣。公肅然改容。及藩聘橫井小楠爲師。先生以學異其宗。出爲散官。武田正生引兵西上。道經北陸。諸藩出兵相警。先生建議曰。臣嘗知正生。彼豈妄弄兵潢池者乎。而事至此。蓋必有不可已者。臣將欲行面正生。審其事情。且諭以義。彼乃歸服。何必擾擾動兵之爲哉。不報。慶應三年。幕府奉還政權。未幾征東師興。先生聞報蹶起。上書藩主曰。將軍洞視大勢。奉還政權。朝廷嘉納。將期日延見列藩侯伯。以與天下更始。而一二强藩家臣。陰與廷臣通。叨弄朝柄。以激成時變。是不唯德川氏之不幸。亦朝廷初政之所病。公宜伏闕上奏。白其事實。且宗家有罪。支藩亦不得辭其責。速納封土。辭官爵。與宗家共其存亡耳。執政愕眙。以爲狂。不達其書。有藩士唱佐幕議者。亦推先生爲首。蒙譴幽屏。其慨時事。一見詩歌。踰月見釋。自是先生絕意仕途。家居授徒。而惓惓忠愛之誠。不能自止。明治六年上書曰。方今朝政小大。一在廢棄舊典。以摹倣泰西。夫事取長補短爲可。彼與我國異其體。人殊其俗。取捨苟失其當。乃先王忠厚之俗。蕩然泯滅。後噬臍無及也。七年四月抵東京。謁春岳。茂昭二公曰。今也朝政更革。中外多故。閣下罷職。而榮在華冑。天眷優渥。苟有所見。宜進獻替。豈逸豫自綏之時邪。因痛言時弊。留十餘日而歸。八年五月二日病歿。年六十八。葬於蘆中山先壠側。春岳公聞訃追悼。其辭曰。嗚呼先生。夙以實學。奬勵後進。予之不肖。亦曾辱教。爰聞溘亡。哀悼曷止。先生學宗洛閩。不甚拘泥。其教子弟。初見之日。先說以忠孝大義。懇到切至。曰。吾所學如此。家無餘儲。義可施與者。傾囊付之。處貧晏如也。娶高橋氏。生二男八女。男夭。養甥謹夫以嗣。先考本姓山縣氏。甲斐名將。山縣昌景裔。系統將絶先生傷之。致仕後。稱山守東篁。以存其祀。山守山縣別姓。故稱云。林鶴梁爲墓文曰。若君者。爲家國天下。竭其心力。亦得其宜。近世之所希覯也。可以知先生之爲人矣。明治四十二年九月。特贈從四位。

論曰。田門學者。謚數百人。鈴木主税、橋本左内其最。主税少穎悟。不喜讀書。居父喪日。先生故訪之。說以大學要旨。主稅感悟。折節入門。爲藩名臣。後朝廷贈正四位。左內幼失怙。父長綱遺命。師事先生。其死年僅二十六。報至。先生直抵其家。泣告長綱靈曰。予託吾以孤。而今罹禍如此。我之過也。雖然左內妙齡任天下之重。事敗就戮。時論偉之。何恤耶。顧其二弟綱維、綱常勗之。綱維爲陸軍軍醫監。早歿。綱常陸軍軍醫總監。列子爵。由利公正亦及門。公正負氣不羈。一日講罷。命按摩。公正極力攫擦。笑曰汝粗暴如此。獨不記柔克制剛耶。公正赧然。勵志力學。遂至顯榮。其敎人概此類也。

東篁先生傳

吉田東篁先生傳

門人　山口透　譔

【書き下し文】

先生、姓は吉田氏。名は篤、字は士行、悌蔵と称す。東篁は其の号なり。越前福井の人なり。父は隣紀といふ。母は族女なり。先生、人と為り淳実なり。事に臨みて剛正にして善く断ず。幼より読書を好み、藩儒前田梅洞、清田松堂に従ひて遊ぶ。成童となる比ほい略ぼ大義に通ず。既に長じ、最も力を経術に用ふ。実践講究し、発明する所有り。遠近より教を請ひ、屣は常に門を塡む。藩主春岳公、召して学官と為す。大番士に班《つら》なり、書院番士に累進す。学校教授兼侍読に命ぜらる。嘉永以降、天下日びに多事なり。先生謂ふ、我が藩は幕府の懿親たり、宜しく人材を陶冶し、弊政を釐革し、以て列藩群侯の軌と為るべし、と。その徒、本多、鈴木の諸氏は前後して擢んでられて要職に在り。衆賢彙進し、闔藩向風す。而して先生は専ら教育を以て己が任と為し、傍《かたがた》当路の諮詢に応ず。美艦互市を要め海内騒然とし、士論紛起す。先生は江戸に赴き、藤田東湖、藤森弘庵等諸名士と時事を商議す。曰はく、鎖国は国家の長計に非ず。然るに迫られて開国するは、内には士気を損じ、外には軽侮を速くす。説くに事情を以てし、以てその期を緩やかにし、上下一致し、速かに後図を為すべし。聞かれざれば、これを反復し、克く機宜を制し、以て我が計と為さんのみ。時に将軍家定病む。嗣を儲くるに未だ定まらず。衆皆一橋慶喜の賢にして且つ長たり、入りて嗣となるを望む。先生も亦此の説を持す。門人橋本左内等旨を承けて奔走す。大老井伊直弼は徳川斉昭と議合はず。相ひ擠排し、党与を為す。先生之を憂へ、二侯の重臣に説く。往復、周旋し、専ら調停に力む。而して事は行はれず。幕府大いに党獄を興す。春岳公は譴を蒙り屏居す。左内は投獄され斬に処せらる。先生歎じて曰はく、吾固より今日有るを知るも、これを如何ともするなし。後に公に謂ひて曰はく、臣嘗て郭汾陽伝を進講し、切に寛弘を以て事を処し、疾悪無甚を勧む、と。且つ言い且つ泣く。公粛然として容を改む。

藩が横井小楠を聘し師と為すに及び、先生は学のその宗を異にするを以て、出でて安政四年(一八五七)散官と為る。

武田正生、兵を引き西上し、道、北陸を経る。諸藩兵を出し相警す。先生建議して曰はく、臣嘗て正生を知る。彼豈に妄りに兵を潢池に弄する者ならんや。而して事此に至る。蓋し必ず已むべからざる者あり。臣将に行きて正生に面しその事情を審らかにせんと欲す。且つ諭すに義を以てせば、彼乃ち帰服せん、何ぞ必ずしも擾擾として兵を動かすを為さんやと。報いられず。

慶応三年(一八六七)、幕府政権を奉還す。未だ幾ばくもなくして征東の師興る。先生報を聞きて蹶起す。書を藩主に上りて曰はく、将軍大勢を洞視し、政権を奉還せば、朝廷嘉納し、将に日を期して列藩侯伯を延見し、以て与《とも》に天下を更始すべし。而して一二の強藩の家臣は、陰に廷臣と通じ、朝柄を叨弄す。以て激しく時変を成す。是れ唯だ徳川氏の不幸のみならず、亦た朝廷の初政の病む所なり。公宜しく闕に伏し上奏し、其の事実を白すべし。且つ宗家罪有らば、支藩も亦た其の責を辞するを得ず。速やかに封土を納め、官爵を辞し、宗家と其の存亡を共にするのみ、と。執政愕胎し、以て狂と為す。其の書を達せず。藩士の佐幕を唱え議する者有るも、亦た先生を推して首と為す。譴を蒙り幽屏さる。其の時事を慨く。詩歌を一見され、月を踰え釈さる。是より先生は意を仕途に絶つ。家居して徒に授く。而して惓惓として忠愛の誠は、自から止まる能わず。

明治六年（一八七三）上書して曰はく、方今の朝政は小大あり、一は旧典を廃棄し、以て泰西を摸倣す。夫れ事は長を取り短を補ふを可と為す。彼と我とは国其の体を異にす。人は其の俗を殊にす。取捨をば苟も其の当を失はば、乃ち先王忠厚の俗は、蕩然として泯滅す。後に臍を噬むも及ぶ無き也、と。

七年（一八七四）四月東京に抵る。春岳、茂昭二公に謁して曰はく、今や朝政更に革まる。中外故多し。閣下職を罷む。而して栄は華冑に在り。天優渥を眷る。苟も見る所有れば、宜しく献替を進ずべし。豈に逸豫自緩の時ならんや。因って時弊を痛言す。留まること十余日にして帰る。

八年（一八七五）五月二日病没す。年六十八。蘆中山の先壟の側らに葬る。春岳公訃を聞き追悼す。其の辞に曰はく、嗚呼先生、夙に実学を以て、後進を奨励す。予の不肖も、亦た曾て教を辱なくす。爰に溘亡を聞く。哀悼曷んぞ止まらんや。先生の学は洛閩を宗とするも、甚だしくは拘泥せず。其の子弟を教ふるに、初見の日は先ず説くに忠孝の大義を以てす。懇到り切至る。曰はく、吾学ぶ所此の如し、と。家に余儲無きも、義施し与ふべきものには、嚢を傾けて之に付す。貧におりて晏如たり。高橋氏を娶る。二男三女を生む。男は夭し、甥謹夫を養い以て嗣とす。先考の本姓は山県氏。甲斐の名将、山県昌景の裔なり。系統将に絶えんとす。先生之を傷む。致仕の後、山守東篁と称し、以て其の祀を存す。山守、山県は別姓なり。故に称して云ふ。林鶴梁、墓文を為して曰はく、君のごとき者は、家、国、天下の為に、其の心力をつくす。亦た其の宜を得たり。近世の希覯とする所なり、と。以て先生の人と為りを知るべし。明治四十二年（一九〇九）九月、特に従四位を贈らる。

論に曰はく、田門に学ぶ、蓋し数百人。鈴木主税、橋本左内は、其の最たるものなり。主税は少にして穎悟。読書を喜ばず。父の喪日に居る。先生故に之を訪ふ。説くに大学の要旨を以てす。主税感じ悟る。節を折って入門す。藩の名臣と為る。後朝廷正四位を贈る。左内幼にして怙を失ふ。父長綱遺命し、先生に師事せしむ。其の死は年僅か二十六。報至る。先生直ちに其の家に抵り、吉（田）は長綱の霊に泣きて曰はく、子吾に託するに孤を以てす。而して今禍に罹かること此の如し、我の過ちなりと。左内妙齢にして天下の重に任ず、事敗れ戮に就くと雖も、時論之を偉とす。何ぞ恤れまんや。其の二弟、綱維、綱常を顧みて之を勗す。綱維は陸軍軍医監となり、早く没す。綱常は陸軍軍医総監となり、子爵に列せらる。由利公正も亦門に及ぶ。公正負けん気にして不羈。一日講罷め、按摩を命ず。公正赧然として、志を励まし正極力擺擦す。笑って曰はく、汝は粗暴此の如し。独り柔よく剛を制するを記さずや。公正学に力む。遂に顕栄に至る。其の人を教ふること概ね此の類なり。

【通釈】

先生の苗字は吉田氏である。名前は篤、字（あざな）は士行、悌蔵となのった。東篁はその雅号である。越前（の国）福井（藩）の人である。父は隣紀という。母は一族の女性である。先生の人柄は誠実である。事柄に対しては勇敢に正しくよく判断した。幼い時から好んで読書をし、（福井）藩の儒者・前田梅洞、清田松堂に就いて遊学した。少年になる頃にはおおむね人として守るべき道義に通じていた。すでに成人になると、経学の研究に最も力を注いだ。主義・理論などを実際に自分で行い、物事を深く調べ意味や本質を説き明かし、明らかに悟るところがあった。近隣、遠方から、教えを乞う人がやって来て、履き物はいつも門（入り口）を一杯に埋めていた。藩主の春嶽公は、呼び寄せ学校の教員とした。大番士から書院番士へと次々に上位に進み、藩校教授兼侍読に命じられた。

嘉永（一八四八～一八五四）以降は、天下は日々、事件、災難が多く発生していた。先生はいう。我が藩は（徳川）幕府の立派な親戚である。適切に人材を育成し、悪政を改革して、並び立つ諸藩の手本となるべきである、と。その門下生の本多（修理）、鈴木（主税）の諸氏は前後して取り上げられて重職にいた。（その他の）多くの賢才が次々に昇進した。藩全体が東篁に感化された。

しかし、先生はひたすら教育を自分の任務と考えてつとめた。傍ら当路（要人）の諮問に応じていた。

嘉永六年（一八五三）のペリーの艦隊は貿易を（日本に）要求した。国内は騒がしくなり、学者の議論が対立しもつれて起きた。先生は江戸に赴き、藤田東湖、藤森公庵らの諸名士などと時の事件を協議した。曰うことには、鎖国は国家のすぐれた計略ではない。それなのに（米国）に迫られて開国をするのは、国内では士気を損ない、外国からは軽んじ侮られる。事情を説明し、その時期に余裕を持たせて、上下の意見を一致させ、速やかに、将来の計画を立てるべきである。（しかし、意見が聞き届けられなければ）、反復して、よく機会を捉えて、我が国の計略とするだけである。

この時、将軍家定は病気であった。後継ぎを決めようとするが、未だ決定していなかった。多くの人は一橋慶喜が年上（慶福よりも）であったため（徳川家に）入って後継ぎになることを希望していた。先生も此の意見に賛成の考えを持っていた。門人の橋本左内も（春嶽の）意向を受けて奔走していた。大老の井伊直弼は徳川斉昭と意見が合わなかった。互いの（相手を）押しのけ、徒党を組んでいた。先生はこの状態を心配し、二人の殿の重臣に説得しようとした。往復し、斡旋して調停につとめた。しかし、事態の収拾は行われなかった。そして、幕府は安政の大獄をおこした。（結果）春嶽公は譴責を受け蟄居させられた。左内は牢に入れられ、斬首の刑に処せられた。先生は嘆いていう「私はもちろん今日の状況が起こることを予想していたが、これをどうすることも出来なかった」と。後日春嶽公にいう「（臣）私は、以前郭汾陽伝を進講申し上げた折、物事を取りさばくときは、緩やかに扱い、悪を憎むことにひどさがないようにと、お勧めしました」と。話しながら泣いた。春嶽公は威儀を正し、厳かな態度に改められた。

藩が横井小楠を招聘し、（藩政の）指導者にすると、先生は、学問が根本から違っているということで、（学校から出て）これという仕事のない立場になった。

時に、武田正生《まさお・まさなり》が兵卒を率い（京都を目指して）西に進軍し、途中、北陸道を通った。諸国の藩が軍兵を出し警戒した。先生は意見（書）を申し立て、いう「臣（私）は以前から正生を知っています。彼はどうして無闇矢鱈と兵卒をなんでもない所に玩ぶ者でありましょうや、（彼は決してそういうことをする者ではありません）しかし、事態はこのようになっています。思うに必ずやむを得ない事情があるに違いありません。臣（私）が行って正生に面会し、その事情を明白にしたいと思います。また、正義を説き諭せば、彼はきっと帰順するでしょう。どうしてごたごたと兵卒を動かすことなどをする必要がありましょう」と。（しかし先生の意見書は）報いられなかった。

慶応三年（一八六七）、幕府は政権を（天皇に）お返し申し上げた。それから、程なくして東方へ征討に行く軍隊が発せられることになった。先生はこのニュースを聞いて、決意を固めて行動を起こした。（上申）書を藩主に奉っていう「（徳川将軍）が（国の）大勢を目をみはって見つめ（判断され）、政権を返し奉れば、朝廷は喜んで受け入れた。日をきめて諸侯をよびよせて一緒になって天下の政治を新しく始めるつもりでしょう。それなのに、一、二の強力な藩の家臣は、陰で朝廷に仕える臣下と通じ、朝廷の権力をむさぼり玩んでいる。それで激しく争乱を起こしている。これは、単に徳川氏の不幸であるだけでなく、また朝廷の初めての政治の悩む所である。春嶽公は、宮城に伏し上奏し、その事実を申し上げるべきである。また、（徳川一門の）宗家に罪があるならば、枝分かれした藩（福井藩）もまたその責任を辞退することは出来ない。（だから）速く領地を（朝廷に）納め、官爵を辞退し、宗家とその存在と滅亡を共有するだけである」と。(これを聞き) 家老は驚き、「気が狂った」と見なし、その意見書を上へ届けなかった。(一方) 藩士の中で尊王倒幕に反対し、幕府への支持をいう者もいて、また先生を推薦をして首領とした。(このため) 譴責を蒙り幽閉された。そのような時事を嘆いた。その詩歌を一見され一月経って釈放された。この時から先生は仕官への道を絶った。仕官せず家にいて、徒 (門弟) に (学問を) 授けた。それでも真心を尽くす忠実で仁愛がある誠はしぜんと止まることはなかった。

明治六年 (一八七三)、(先生は) 上申書を奉っていう「ただ今の朝廷の政治には (規模の) 小さいこと大きいことがあります。一つは古い制度を廃棄し、西洋諸国を摸倣しています。そもそも事柄は長所を取り短所を補うのを良しとしています。西洋諸国と我が国とは国の体制が違っています。人の風俗は違っています。取捨選択に仮にも正しさを失ったならば、先王以来の忠厚の風俗は、跡形もなくなってしまいます。そうなってから、後悔してもどうにもなりません」と。

七年 (一八七四) 四月、東京に行った。春嶽と茂昭の二公に拝謁していう「ただ今は、朝廷の政治は一層改革されています。(しかし) 国内国外事件が多くあり、閣下 (春嶽公) は職を辞められました。そして、名誉は貴い家柄にあります。天はその手厚いことに目にかけられる。仮にも、見るべき所があれば、当然天皇を補佐し善を勧めて悪をいさめるべきです。どうして遊び暮らし、自分から緩やかにしている時でしょうか。それで時代の悪習や弊害を厳しくいいます」と。(東京に) 十余日とどまって帰った。

八年 (一八七五) 五月二日、(先生は) 病気で亡くなった。(享年) 六十八歳であった。蘆中山の先祖の墓の側に葬った。春嶽公が訃報を聞いて追悼された。その辞にいう、「嗚呼、先生は、早くから実践の学を教えて後輩を奨励された。

不肖（愚か者）の私もまた、以前に先生から教えを頂いた。今、俄に亡くなったことを聞いた。悲しみ悼む気持がなんで止まることがあろうか。先生は、洛閩の学（宋の程顥・程頤の学、朱熹の学の総称）を学ばれたが、必要以上に（それに）こだわることはかった。その子弟を教育するときに、初めてあった日には、先ず人として守るべき忠孝の道義を説かれた。その説明の仕方は懇切丁寧であった。私が学んだことはこのようであった」と。家に余分の蓄えが無くとも、道義として施し与えるべきものには、嚢を傾けてでも之に与えた。そして、貧乏であっても、安らかで落ち着いていた。

高橋氏の娘を嫁に迎えた。二人の男の子と三人の女の子をもうけた。男の子は幼くして死に、甥の謹夫を養子として育て後継ぎとした。亡父の本姓は山県氏である。甲斐の名将、山県昌景の子孫である。その血筋が今にも絶えそうであった。先生はこのことに心を痛めておられた。官職を退いた後、山守東篁を名のり、その先祖のまつりを存続させた。山守、山県は別の姓である。それで名のったのである。林鶴梁は、墓誌の文を作っていう、「君のような人は、家、国、天下の為にその精神と肉体を尽くして働き、また、その尽くし方は適宜である。近頃ではめったに見掛けない者である」と。よって、先生の人柄を知ることが出来る。明治四十二（一九〇九）年九月、特に従四位を贈られた。論にいう、吉田東篁の門で学んだ学生は、思うに数百人であろう。鈴木主税、橋本左内はその最も勝れた者である。主税は、少年の時から才知がすぐれ悟りが早かった、が読書を喜ばなかった。父の亡くなった日に（家に）いた。先生はそれで訪問した。そして、「大学」の要旨を説明した。主税は（先生の気持ちを）感じ悟った。節を正して入門した。（学問を積み）藩の勝れた家臣となった。後に朝廷は正四位を贈った。

左内は幼くして頼みとする所（父）を失った。父・長綱は遺言で命令し先生に師事させた。その死は年僅かに二十六歳である。（刑死の）知らせがきた。先生はすぐさま左内の家に行き、吉（田）は長綱の霊前で泣いていう、「君（長綱）は私に孤（左内）を預けた。それなのに今左内は禍に出合って刑死した。これは私の過ちである」と。左内はこれからという年で天下の重任を背負った。（だから）失敗し殺戮（斬首の刑）に会ったけれども、当代の一般の世論は（左内を）偉大であるといっている。どうして憐れまずにいられようか。その二人の弟、綱維、綱常、を見守り二人を助けた。（その後）綱維は陸軍軍医監となり、綱常は陸軍軍医総監となり、子爵に列せられた。

由利公正もまた吉田の門に来た。公正は、負けん気が強く、自由気ままな性格であった。（先生は）ある日、講義を止めて、按摩をするように命じた。公正は力一杯に腕を振るいさすった。（先生は）笑っていわれた。「お前はこのように乱暴である。柔よく剛を制するということを覚えていないのか」と。公正は赤面して、（それからは）志を立て勉強に勉めた。そして、出世した。（先生の）人を教える仕方はだいたいこのようであった。

【語釈】

○字—（あざな）中国で、男子が成人後、実名のほかにつけた名。実名を知られることを 忌（い）む風習により生じ、字がつくと実名は諱（いみな）といってあまり使わなかった。日本でも漢学者などが用いた。○族女—同族兄弟の娘。○淳実—真心があり、誠実である。○剛正—勇ましく正しい。○藩儒—藩主に仕える儒学者。○成童—十五歳以上の少年。一説に八歳以上の少年。○大義—人として守るべき道義。国家・君主への忠義、親への孝行など。○経術—経学に同じ。儒家の作った経典（経書）を研究する学問。○実践講究—主義・理論などを実際に自分で行い、物事を深く調べ、その意味や本質説き明かすこと。○発明—物事の道理や意味を明らかにすること。また明らかに悟ること。○屣—（シ）。くつ。はきもの、ぞうりの類。○学官—学校の教職員。（漢以後の大学の講座を言う）○

累進―地位などが次々に進み上位にのぼること。累遷に同じ。
○大番士○書院番士―「下士」の家に生まれた東篁は「中士」の「大番士」となり更に「書院番」となった。「下士」（卒）「目見以下」の「諸組」（足軽）の子供が努力により大変出世したのである。異例のことと言える。左記を参照。
＊嘉永五年（一八五二）頃の福井藩家臣団の構成は次のようである。
藩士は「士分（上士・中士）」と「卒（下士）」に大別される。このうち中士に属するのは「番士」と「新番」「医師その他」であり、番士はさらに「役番外」「書院番・小姓・大番・留守番」に別けられる。幕末期、「大番士」は一組五〇人ずつ六組に組織されており、この中から多年勤めた者や文武格別の心掛けを賞せられた者だけが「書院番士」に入れられた。東篁は「土居小杖之者」という切米七石二人扶持の下士から中士に進んだことになる（『福井市史』通史編2近世、2藩政機構、一〇七～一一〇頁参照）。
＊『藩史大事典』第3巻、中部編1、北陸・甲信越の〔藩の職制〕の○家臣団構成に「福井藩家臣団構成表」（安政年間）が挙げてある（二五二～二五三頁参照）。
○侍読―藩主に侍して書を講ずる者。○嘉永―江戸末期、孝明天皇の時の年号。嘉永元年（一八四八）年二月二八日～嘉永七年（一八五四）十一月二七日。○多事―事件や災難などが多く、世間の騒がしいこと。そのさま。○懿親―うるわしい親戚。近親。懿はよい、立派な、の意味。女性の徳をほめることば。○陶冶―人の性質や能力を円満に育て上げること、育成。○弊政―弊害の多い政治、悪政。○釐革―釐革＝釐改。改める。改革。改正。釐（リ）はおさめただす。あらためただす。○列藩群侯―列藩＝並び立っている多くの藩、諸藩。群侯＝群がる大名、

小名。諸侯。○要職―重要な地位。職務。重職。○衆賢彙進―多くの賢者が、次々に進み、上位にのぼること。○闔藩―藩全体、藩の中すべて、全藩、藩中。○向風―偉人、先人、目上の人などを仰ぎ慕うこと感化されること。ここでは藩全体が東篁に感化された、という意味。○当路―重要な地位にいること、また、その人。○諮詢―参考として他の機関などに意見を問い求めること。諮問。○互市―物売り買い。貿易。○海内―四海の内。国内。天下。○騒然―ざわざわと騒がしいさま。不穏で落ち着かないさま。○紛起―意見や主張などが対立しもつれて起きること。○時事―その時々の社会的な出来事。○鎖国―国が、外国との通商・交通を禁止または極端に制限すること。ここは、江戸幕府による対外封鎖政策をいう。寛永十六年（一六三九）から嘉永六年（一八五三）のペリー来航まで二百年余り実施した。キリスト教禁止・封建制度維持を目的とし、オランダ・中国・朝鮮を除く外国との通交を禁止した。○商議―相談し合うこと。協議。評議。○長計―遠い将来のことまで考えて立てる計画。先の長い計画。○開国―外国との交際、通商を始めること（日本は安政の仮条約で開国した）。○士気―①兵士の戦いに対する意気込み。②人々が団結して物事を行うときの意気込み。○軽侮―軽んじ侮ること。人を見下して馬鹿にすること。○後図―将来のための計画。○機宜―時機にふさわしいこと。またそれをするのによい機会。○擠排―押しのける。また、押し開く。○周旋―①売買・交渉などで、当事者間に立って世話をすること。とりもち。なかだち。斡旋。②事をとり行うために動きまわること。面倒をみること。○党獄―後漢末、宦官による反対派の弾圧事件、党錮の獄。「戊午党獄」を安政の大獄の意で使用の例があり、ここでは明らかに安政の大獄の意味。○屏居―①世間から引退し、家にこもっていること。隠居。②室にこもっていること。○投獄―牢や監獄に入ること。また、入れること。○寛弘―寛―扱いが緩やかなさま。弘―ひろい、ひろめる。○処事―物事をしかるべく取りさばく。○疾悪―疾―

やまい。病気。速度が速い。なやむ。憎む。○無甚—甚だしさが無い。○粛然—①なんの物音も聞こえず静かなさま。また、静かで行儀正しいさま。②厳かで整ったさま。○宗を異にす—根本とするもの、おおもと、が、別のもの、他のもの、であるということ。○散官—①律令制で階があって、それに相当する職務のない官。②大した役目のない官。○建議—①意見を申し立てること、また、その意見。②明治憲法下で、両議院が政府に対して意見や希望を述べること。○佞臣—口先巧みに主君にへつらう、心のよこしまな臣下。○帰服—心を寄せてつき従うこと。支配下に入ること。服従。帰順。○擾擾—乱れて落ち着かないさま。ごたごたするさま。○奉還—天皇にお返し申し上げること。返し奉ること。○征東師—東方へ征討に行く軍隊。○蹶起—（決起）ある目的のために、決意を固めて行動を起こすこと。○洞視—（瞠視）目をみはって見つめること。○嘉納—①献上品などを目上の者が快く受け入れること。②進言などを高位の者が喜んで聞き入れること。○列藩侯伯—列藩＝並び立っている多くの藩、諸藩。侯伯＝侯爵と伯爵。君主、諸侯。○延見—呼び寄せて面会すること。引き入れて対面すること。○廷臣—朝廷に仕える臣下。○朝柄—朝廷の、手中に握る権力。勢い。○叨—叨は①むさぼる。②みだりに。かたじけなくも。○時変—①天変地異や突発的な騒動などの、非常の出来事、変事。②警察力では抑えきれず、軍隊の出動を必要とする程に拡大した騒乱。③宣戦布告なしに行われる国家間の戦闘行為。○初政—初めての政治。○闕—①中国で、宮門の両脇に設けた物見やぐらの台。石闕。②宮城、宮城の門。○宗家—一門・一族の中心となる家柄（特に、芸道などで正統を伝えてきた家、また、その家の当主。家元、そうか）。○支藩—支＝枝分かれしたもの。藩＝①江戸時代、大名が支配した領域およびその統治機構。○封土—封建君主が、その家臣に領地として分かち与えた土地。○官爵—官職と爵位。○存亡—存在と滅亡。存続するか消滅するかということ。そんもう。○執政—①国政を執り行うこと。

また、その人。＝摂政・関白や明治時代の内閣総理大臣など。②江戸時代、幕府の老中または各藩の家老のこと。○愕胎―愕はおどろく。おどろきあわてる。○佐幕―佐は助ける意味。尊攘・倒幕に反対し、幕府を支持したこと。また、その党派。○幽屏―（幽閉）ある場所に閉じこめて外に出さないこと　屏＝用心や目隠しのために、家や敷地の境界に建てた板・土・ブロックなどの牆壁。また、①中を隠すために設けるもの。ついたてや垣根。②閉じて外に出さない。ここでは③の意味。○仕途―仕官への道。官職への道。○家居―家に引きこもっていること。また、仕官しないで家にいること。○惓惓―真心を尽くすさま。また、ねんごろなさま。○忠愛―忠実であって仁愛のあること。また、そのさま。○方今―まさに今。ただ今。また、このごろ。現今。○旧典―①古い法典。古い制度。②古文書。古書。○泰西―（西の果ての意味）西洋。または、西洋諸国。○忠厚―まめやかで情が厚いこと。誠実で人情にあついこと。○蕩然―ひろびろとしているさまさま。②流されたようにあとかたもないさま。③心が自由であるさま。思うままにふるまうさま。○泯滅―泯は、つきる。なくなる。ほろびる。滅はほろびる。つきる。○臍を噬む―（「春秋左伝」荘公六年から。自分の臍を噛もうとしても及ばない所から）後悔する。すでにどうにもならなくなったことを悔やむ。○華冑―冑は血筋の意味。貴い家柄。名門。貴族。○優渥―ねんごろで手厚いこと。また、そのさま。○眷―（かえりみる）①振り返ってみる。目をかける。②身うち。○献替―主君を補佐し、善を勧めて悪をいさめること。○逸豫―逸豫＝逸楽は気ままに遊ぶ。遊びくらす。＝佚予、佚楽、佚遊。○自緩―緩は、ゆるい。ゆろやか。ゆるめる。自緩は自分からゆるやかにする。○時弊―その時代の悪習や弊害。○痛言―痛いところをついて厳しく言うこと。また、その言葉。○蘆中山―（あしなかやま）現在福井県立こども歴史文化館あたり。福井市城東一丁目十八番地。昭和二十五年九月、「東部霊園」を造るために発掘され、その後改葬された。○先壟―壟は①うね。②つか。おか。はか（墓）ここは、先祖の墓。○追悼―死者の生前をしのんで、悲しみに浸ること。○後進

―あとから勉学を始めたり、役人になったりした者。後輩。○不肖―①かしこくない。おろか。父祖に似ない。②子が親の喪に服しているときの自称。○溘亡―にわかに死ぬ。○洛閩の学―中国、宋の程顥・程頤の学、および朱熹の学を総称していう。程顥・程頤の出身が洛陽、朱熹の出身が建陽すなわち閩（ビン）の地であったことに基づく。○拘泥―こだわること。必要以上に気にすること。○余儲―（よちょ）余分の蓄え。○晏如―安らかで落ちついていさま。晏然。○先考―死んだ父。亡父。○致仕―①官職を退くこと。また、退官して隠居すること。②（古く、中国で七十歳になると退官を許されたところから）七十歳のこと。○墓文―墓誌銘のことか。○希覯―まれにみる。めったに見かけない。○田門―吉田東篁の門下生。○頴悟―才知がすぐれ、悟りの早いこと。非常に賢いこと。また、そのさま。○喪日―喪はしぬ。も。うしなう。ほろびる。○大学―中国、戦国時代の思想書。著者・成立年未詳。もと、礼記の中の一編であったが、宋の司馬光が抜き出して「大学広義」一巻を作り、のちに程顥・程頤が定本を、南宋孝宗淳熙十六年（一一八九）に朱熹が「大学章句」を作って、四書（「大学」「中庸」「論語」「孟子」）の一とした。治者の倫理・道徳に関する三綱領・八条目を立て、儒教の学問の階梯（学ぶ段階）を説いたもの。○怙―たのむ。たよる。あてにする。○遺命―死ぬときに残した命令。ゆいめい。○師事―師として尊敬し、教えを受けること。○孤―一人だけでいること。独りぽっち　で助けのないこと。また、そのさま。○妙齢―（妙は若いの意味）年ごろ。（特に女性の）若い年ごろ。ここでは左内のこと。○就戮―戮は斬り殺す、の意味。左内が斬首の刑にあったことをいう。○時論―①時事についての議論。②その時代の世論。当代一般の世論。○不羇―物事に束縛されないで行動が自由気ままであること。○擺擦―擺は、ひらく。ならべる。ふるう。擦は、する。さする。○粗暴―性質や動作があらあらしく乱暴なこと。また、そのさま。○赧然―（たんぜん）恥じて顔の赤くなるさま。赤面するさま。○顕栄―位が高くて世に時めくこと。立身出世すること。

（人名）

○山口透—安政三年（一八五六）十二月十五日、（越前国足羽郡福井簸川村中町十九番地）生。昭和十三年（一九三八）十月二十七日（台南で）死去。福井藩の士族。

◇「藩の学塾」（藩校・明道館であろう）で学ぶ。

◇林鶴梁が維新後に麻布で開いた「端塾」に入門。

◇神宮教院本教館（後の神宮皇学館、現在の皇学館大学の源流）の最初の入学生の一人。

◇明治十三年七月、神宮教院本教館上等科最初の卒業生（四人の一人）。

◇明治十六年四月二十日、「福井中学校二等教諭兼福井中学校幹事福井小学師範学校幹事（月俸三十円）」。

◇明治二十一年一月、神宮皇学館教授。

◇明治二十五年九月、福井県皇典講究分所教授。

◇明治二十六年六月、福井県高等女学校（現在の県立藤島高校の前身）教諭。

＊明治二十七年八月一日、日清戦争始まる。

◇明治二十八年三月、北白川宮能久親王率いる近衛師団出征に臨み、神宮教は布教使三名を派遣、師団に従属する（その中の一人）。

◇明治二十八年五月二十九日近衛師団台湾上陸、六月七日台北に入城。七月二十七日一旦帰国。台湾に残った山口に「神宮教台湾本部長」の資格が授けられた。

◇明治二十九年四月、福井県師範学校（現在の福井大学）教諭となっている。

◇明治三十二年三月、福井県高等女学校校長兼教諭。

◇明治三十四年五月二十四日、台湾神社初代宮司に任命される。
◇大正十年十一月二十一日、六十六歳、勤続二十年、正五位に叙せられた。
◎大正十二年十二月二十五日、『東篁遺稿』を編集兼発行者として発行した。
（注）大正十四年八月二十日発行の『県外在住福井県人史』に「官弊大社台湾神社宮司正五位勲六等　山口　透氏（台北）」の頁に次の記事があり、編集者・山口の社会的立場が、
「大正十年以来兼務を一切辞し、今は唯総督府史料編纂顧問として寄与するのみとなった」と示されている。
◇昭和九年四月に「勅任待遇神職」になった。また、従四位に叙せられた。
◇昭和十二年十二月四月一日、八十二歳、台湾神社宮司を依頼退職した（在職三十五年十ケ月と八日）。
◇昭和十三年十月二十七日死去。

右の記事は左記の書籍による。
一、『日本統治下の海外神社　朝鮮神宮・台湾神社と祭神』菅浩二著　弘文堂　平成十六年九月十五日　初版一刷発行の「第七章」（山口透の生涯（前））及び「第八章」（山口透の生涯（後））二六一頁～三三八頁参照。
二、『県外在住福井県人史』渡邊重編纂　福井縣人會（大阪市此花区上福島南三丁目九番地）大正十四年八月二十日發行の四五二頁参照。なお、＊◎印の記事は前川が記した。
○郭汾陽―郭子儀（六九七～七八一）唐の粛宗のときの名将。諡は忠武。安史の乱を平らげた。汾陽公に封じられたので郭汾陽といい、中書令になったので、郭令公ともいう。
○前田梅洞―天明六年（一七八六）（『三百藩家臣人物事典』は天明五年（一七八五）とする）～安政三年（一八五六）。七十一

歳。名は修。通称は彦次郎。字は士業。号は梅洞・華陽・漪園。師は雲洞。その長子。越前福井藩儒。著書の漪園詩抄。西遊草。吉田東篁の師の一人。

○清田松堂―丹蔵。文政二年（一八一九）、福井藩の学問所・正義堂が「桜ノ馬場」（現 福井市立旭小学校付近）に開設された際、藩儒の前田雲洞らとともに教育に当たった儒者。吉田東篁の師の一人（七九、八〇頁参照）。

○松平春嶽―（慶永）。文政十一年（一八二八）～明治二十三年（一八九〇）。六十三歳。越前福井藩第十六代藩主。在職期間、天保九年（一八三八）～安政五年（一八五八）。田安斉匡（たやすなりまさ）の第八男。幼名は錦之丞、号には公寧・礫川などがあるが、本人は春嶽の号を最も好んだ。天保九年（一八三八）越前家の養嗣子となり、藩主斉善（なりさわ）の死により、第十六代藩主となる。同年十二月元服して慶永と称した。幼い時分から読書と習字を好み、彼の著書『真雪草紙《みゆき》』にも、その思い出が書き留められている。慶永が藩主になった当時は、藩政の動揺が目立ち、厳しい赤字財政にあえいでいた。そこで早速藩政改革に着手し、中根雪江・鈴木主税らの人材登用を手始めに、倹約の奨励、財政整理などを進めた。嘉永年間に入り、「外圧」の加わるなかで、海防態勢の強化、洋式銃砲の製作、軍政改革など一連の強兵策に力を注いだ。一方安政三年（一八五六）ごろには、橋本左内らの改革派の意見をふまえ、藩論を開国貿易論に確定するとともに、藩校明道館や洋書習学所の創設など教学の刷新、洋学の振興をはかった。また安政五年熊本藩の横井小楠を招いて政治顧問とし、彼の「民富論」的な立場からの殖産興業策をどしどし実施に移させた。さらに当時の内憂外患の危機的情勢に対して、薩摩・宇和島・土佐などの雄藩大名とともに幕政の大改革をはかろうとした。この際、一橋慶喜を将軍の継嗣とすることを唱えて一橋派を主導し、紀州の徳川慶福を推し旧来の幕閣専制を主張する紀州派に対抗した。しかし安政五年（一八五八）四月、紀州派の巨頭井伊直弼が大老になると、一橋派は敗退して慶福も隠居・謹慎に処せられた。そこで家督を糸魚川藩主の松平茂昭（もちあき）に継がせ、自らは江戸の霊岸島別邸に閑居した。その後政治情勢の変転から、文久二年（一八六二）幕閣の政事総裁職に起用され、将軍後見職の慶喜とともに、参勤交代制の緩和、軍制、職制などの幕政改革を進めた。ところが翌三年尊王攘夷運動の極盛期を迎え、京都での公武合体路線が挫折したため、無断帰藩して処罰された。その後尊攘派勢力の退潮により朝議参預に就任し、翌元治元年京都守護職となったが、間もなく辞任した。慶応二年（一八六六）の長州再征による内戦には、真っ向から反対し続けた。翌三年上京して四侯会議に列し、長州処分・兵庫開港問題を議したが、会議の主導権は薩長の倒幕派に握られた。大政奉還により王政復古への大変革のなかで、倒幕派と幕閣・佐幕派の間に介入して、徳川家の救済と政局の収拾につとめた。維新政権下では議定となり、さらに内国事務総督、翌明治二年（一八六九）民部卿に就任して大蔵卿を兼職する。間もなく転じて大学別当兼侍読となったが、翌三年七月職を免ぜられ、中央政局からすっかり退いた。その後はもっぱら文筆活動に入り、数多くの著作、日記、筆録のたぐいを残している。なお、福井市立郷土歴史博物館は、『春嶽公記念文庫』を収蔵するが、これは、慶永にかかわる文書・筆録から什器・武具・書画等の貴重な品々を、彼の嫡孫松平永芳が寄贈したもので、慶永のすぐれた識見と風格を端的に示している。著書に『春嶽遺稿』「東海行程記」『真雪草紙』などがある。

（『郷土歴史人物事典』、一〇九・一一一頁）

○松平茂昭―天保九年（一八三八）～明治二十三年（一八九〇）。五十五歳。越前福井藩第十八代藩主。在職期間、安政五年（一八五八）～明治四年（一八七一）。もと糸魚川藩主。元治元年（一八六四）八月、第一次長州征伐では、征長副総督を務めた。

（『郷土歴史人物事典』、一一〇・一一六頁）

○鈴木主税―文化十一年（一八一四）～安政三年（一八五六）。福井藩の重臣。名は重栄、通称は主税。父親は福井藩

士海福正敬で、同藩士鈴木長恒の養子となり、天保八年（一八三七）家督四五〇石を継いだ。文武両道に励み、天保十三年（一八四二）には寺社奉行、弘化二年（一八四五）側向頭取、さらに嘉永元年（一八四八）側締役となった。そして藩主松平慶永（春嶽）の側近にあって、藩財政の立て直しなど藩政改革に尽力した。同五年（一八五二）より金津奉行の要職を務めたが、翌六年（一八五三）のペリー来航により国事多難となるや、いったん奉行を辞して出府し、翌安政元年帰藩した。そして藩校明道館の創設に参画し教学の刷新をはかり、有為な人材の育成につとめた。その間俊才橋本左内を見いだし、藩政の中核の座にすえた。ついで中央政局での将軍継嗣問題をめぐる藩政改革や、重要課題と化した外交交渉につき、左内とともにしばしば慶永に建議して、藩論として雄藩連合の統一国家論の形成に重要な役割を演じた。こうして改革派の中心人物として活躍した。安政三年（一八五六）二月、江戸藩邸内で死去した。なお、金津奉行としての善政が、のち領民からも「世直し大明神」と敬慕された。また水戸藩の藤田東湖が「方今真に豪傑と称すべきものは天下ただ鈴木主税と西郷隆盛あるのみ」と明言し、熊本藩の　長岡監物《けんもつ》も「智徳兼ね備はるは主税に如《し》くはなし」と評したという。

（『郷土歴史人物事典』、一〇〇・一〇一頁）

○本多修理―文化十二年（一八一五）～明治三十九年（一九〇六）。福井藩の重臣。名は敬義、通称は修理、四郎右衛門。隠居後は釣月《ちょうげつ》と号した。福井藩士菅沼左門高次（寄合席、禄高一〇〇〇石）の二男で、代々同藩の家老職を務める本多家（禄高二八〇〇石）の養子となる。嘉永二年（一八四九）家老職に就任。折から藩主松平慶永（春嶽）が主導する藩政改革にあたり、改革派の重鎮として中根雪江・鈴木主税らとともに活躍した。嘉永六年（一八五三）のペリーの開国要求にともなう幕府の諮問に対して、福井藩では、絶対に拒否し場合によっては開戦もやむをえないとする強硬拒絶論を訴えたが、これには本多の建策によるところが大きかった。またその後の安政期および文久期の幕政改革運動の際には、率先して江戸に出て慶永の活動をよく補佐した。その後文久三年（一八六三）の福井藩の「挙藩上洛計画」では、中根雪江らとともに自重論を唱えたため、いったん家老職を免ぜられたが、元治元年（一八六四）八月復職した。第一次長州征伐の際には、征長副総督となった福井藩主松平茂昭《もちあき》のもとで、軍事総奉行として出陣した。明治二年（一八六九）二月、藩の職制改革で罷免された。晩年は神戸市に閑居して詩作などをたしなんだ。本多は、家老の要職にあること前後十七年余りで、藩政面での業績は大きい。なお本多には、元治元年（一八六四）八月から明治二年（一八六九）の解職に至る四年七ヶ月にわたる詳細な筆録手記（全五冊）『越前藩幕末維新公用日記』（校訂、谷口初意）は、藩政史料に止まらず、維新資料として極めて高く評価されている。（『郷土歴史人物事典』、一〇一～一〇二頁）

○由利公正─文政十二年（一八二九）～明治四十二年（一九〇九）年。福井藩士。幕末維新期の財政家。幼名は義由、通称は石五郎。のち八郎といい、維新後は名を公正と改め、さらに明治三年（一八七〇）旧姓に復して由利と称した。父親の三岡義知《よしとも》は、近習番を務め、禄百石の中級藩士であったが、家計は楽ではなかった。公正は少年のときから、剣・槍・砲などの武術に大変熱を入れた。嘉永四年（一八五一）熊本藩の横井小楠が福井城下に来遊した際、彼の『大学』三綱領の講義にいたく共鳴し、その後「経世済民」の学問に真剣に取り組んだ。その実践の手始めに自ら領内各村をめぐり、約五か年を費やして意外に深刻な藩財政の実情を明らかにした。同六年父親の死により家督を継いだ。折からのペリー艦隊の来航で、七月砲術調練修業を命ぜられて江戸にのぼり、また翌安政元年（一八五四）品川御殿山の警備にあたった。さらに大小銃ならびに弾薬製造掛を命ぜられたが、同四年佐々木権六《ごんろく》とともに製造所頭取に進み、公正の建（献）策により城下志比口に銃砲製造所（藩営マニュファクチュア）を設立した。とくに洋式銃器の生産では、幕末の閉所までに約七〇〇〇挺にのぼるという大規模経営を誇るものであった。一方藩内改革派の先頭に立って藩政改革に真剣に取り組むが、彼の論策は、主として小楠の教化によるものであった。それは従来の収奪的な藩専売制とは異なる「民富めば国富むの理である』という「民富論」をふまえた重商主義的殖産興業を目指していた。この斬新な企画は、小農民生産者への資金融通のための五万両の切手（藩札）発行と、生糸など領内諸物産の集荷機関としての物産総会所の創設によって具体化されたが、とくに長崎貿易のルートに乗せたのが注目をひく。そのため数年の間に藩財政も見違えるように立ち直ったという。文久二年（一八六二）奉行職に昇進、当時政事総裁職の重任を担った前藩主慶永を小楠らとともによく補佐した。翌三年同藩の「挙藩上洛計画」に対してはきわめて積極的な態度をとった。加賀・熊本・薩摩の三藩に使いして協力方を要請したが、帰藩に先立って上洛計画が挫折したため、八月蟄居の処分を受け、これが幕末まで続いた。慶応三年（一八六七）一一月、来藩して公正に面談した坂本龍馬の推挙により、維新政府の徴士・参与に起用された。この際、御用金穀取扱方となり、さきに福井藩で成果をあげた殖産興業による財政策の全国への適用をはかった。そして会計基立金の徴収、金札（太政官札）の大量発行など、一年余りにわたって危機にひんした維新財政をよく救った。また明治元年（一八六八）一月、福井藩論を特色づけた「公議輿論」を強調する「国事五か条」を建議したが、これが維新政権の政治綱領「五か条誓文」の最初の草案ともなった。同四年東京府知事、翌五年岩倉大使に随行して欧米を視察し、翌年二月帰国。とくに米・英では議会制度や銀行について研究した。また翌七年一月の板垣退助・後藤象二郎らの「民選議院設立の建白」に署名したのは、維新政権の専制藩閥化の傾向に対する厳しい批判と反発を意味していた。同八年元老院議官、同二三年（一八九〇）貴族院議員となった。福井市幸橋南詰の東側に「由利公正宅跡」の石碑が建っている。

（『郷土歴史人物事典』、一一一～一一三頁）

○橋本左内―天保五年（一八三四）～安政六年（一八五九）。二十六歳。幕末の志士。福井藩士。福井城下常磐町《ときわ》（現福井市春山二丁目）に生まれた。父福井藩奥外科医橋本長綱、母梅尾の長男。名は弘道。字は伯綱、藜園《れいえん》などと号し、また宋の岳飛を慕って景岳と名乗った。幼い時から俊才で、十歳で『三国志』を通読するほどであった。さらに十五歳のとき、彼の内省録ともいえる『啓発録』を著すとともに、儒学者吉田東篁について勉学に励んだ。嘉永二年（一八四九）大坂の緒方洪庵《おがたこうあん》の門に入って蘭方医学を学び、またその間横井小楠や梅田雲浜らとも面識を深めた。嘉永五年、父長綱の死去により帰藩し、家督を継いで二十五石五人扶持の藩医となった。翌六年のペリー艦隊の来航には真剣な危機意識に徹したが、翌安政元年（一八五四）江戸の坪井信良、杉田成卿に入門し洋学の勉強とともに、「経世済民」の実学的な論策にも取り組んだ。こうした左内の学才は、藩主松平慶永に認められ、翌二年、藩命により帰藩、医員を免ぜられ書院番となり、藩主の謀臣として国事にあずかることとなった。当時藩では抜本的な藩政改革を進めている際でもあり、翌三年藩校明道館の蘭学掛、翌四年同館学監同様心得となって事実上の館長としての重責を担った。この際、建議して館内に洋書習学所を設け、洋学の振興をはかった。さらに左内は、改革派コースの論策面での主導的な役割を果たすことになった。つまり物産振興に裏打ちされた積極的な開国貿易論を提唱、また幕政の大改革により、幕・藩の壁をくずした「日本国中を一家」とみる雄藩連合の統一国家を具体的に構想した。とくに外交策では「日露同盟論」を打ち出したが、これらの論策は、藩から幕閣あての建言書のなかにも強く盛り込まれた。当事国内の政治情勢として、将軍継嗣問題と条約締結問題をめぐり、将軍の継嗣に英明の高い一橋慶喜《よしのぶ》をすえ幕政の大改革を策する一橋派と、紀州の徳川慶福《よしとみ》を推す旧来の幕閣専制をあくまで主張する紀州派とが鋭く対立した。左内は同年八月侍読兼内用掛に起用され、一橋派を主導する藩主慶永の命を受け、翌五年にかけて国事に奔走した。幕閣対策では、川路聖謨《かわじとしあきら》・岩瀬忠震《ただなり》らの開明派官僚に対し、また京都での朝廷工作には、三条実万《さねつむ》・鷹司政通《たかつかさまさみち》・中川宮らの公卿に入説するなど懸命な活動を続けた。ところが同年四月、紀州派の巨頭井伊直弼が大老になると、一橋派はついに敗退して、慶永も隠居・謹慎に処せられた。したがって左内の活動は全く封じ込められた格好となる。その後水戸・長州・薩摩諸藩の志士層の反発が起こると、伊井大老は反対派一掃のための「安政の大獄」を断固決行する。そのため左内も、十月二十二日幕吏による江戸藩邸内曹舎の捜索を受け、翌二十三日江戸町奉行の尋問を受け、滝勘蔵方預け謹慎を命ぜられた。その後しばしば取り調べられたが、翌六年一月七日死罪を申し渡され、即日伝馬町の獄で斬刑に処せられた。橋本家の墓所は、福井市内の左内公園内にある。なお、公園入口正面に足羽山を背景に「橋本左内先生像」と刻んだ大きな立像がある。(『郷土歴史人物事典』、一一四～一一六頁)

○橋本綱維《つなこれ》―天保十二年(一八四一)～明治十一年(一八七八)。軍医。天保十二年、福井藩医橋本長綱の子として福井で生まれた。幼名綱三郎。のちに彦也《げんや》と改めた。橋本左内(景岳)の次弟。幼少より、武をたしなみ、田宮流をよくした。安政四年(一八五七)江戸に出て、江川太郎左衛門(伊豆韮山《にらやま》に反射炉を起工した人)に航海術、大木仲益・坪井為春に蘭学を学んだ。のちに長崎に遊学し、蘭医ボードインやマンスヘルトに学び、慶応元年(一八六五)福井藩医となり、明道館で教鞭をふるった。明治元年(一八六八)会津征討軍の越後出兵隊付医長、翌年(一八六九)いったん軍を離れて藩の主侍医になったが、同四年(一八七一)軍医となり、近衛歩兵隊付軍医を振り出しに陸軍一等軍医正まで昇進。明治十一年(一八七八)大阪鎮台病院長となったが、その年の六月二十五日死去した。(『郷土歴史人物事典』、一三九～一四〇頁)

○橋本綱常―弘化二年(一八四五)～明治四十二年(一九〇九)。六十五歳。医学者。初代日本赤十字病院長。福井城下常盤町(現福井市春山二丁目)で藩医橋本長綱の三男として生まれた。早くに父に死別、兄左内が御書院番組となり、次兄綱維（のち陸軍軍医）も家業を継がず、彼が嗣いだ。次兄に蘭学を学び、のち蘭人シントレル・松本良順・ボルドイン・マイエルに医を学び、会津征伐に従軍。藩の済世館改良に参与し、二十一歳で奥外科医兼医学教授方となり、貧民治療のため福井市浜町岩佐純の病院を全国初の藩立病院とした。明治五年（一八七二）陸軍軍医として初のドイツ留学、さらに東大教授・陸軍病院長となった。大山陸軍卿のヨーロッパ視察に桂太郎と随行、帰国後、陸軍軍医学校を創立。十九年（一八八六）博愛社病院（翌年日本赤十字病院）を創設、初代院長となり死に至るまで病院拡張と赤十字活動を推進し、貴族院議員・宮中顧問官・軍医総監・帝国学士院会員・子爵・日本外科学会名誉会長・日赤名誉会長等に推挙叙任された。食事中も読書するほどの彼は、人を区別せず、診察は丁寧、世話好きで人情家、若越医学会初代会長として後輩の指導をした。

（『郷土歴史人物事典』、一四八頁）

○藤田東湖―文化三年（一八〇六）～安政二年（一八五五）。江戸末期の儒学者。水戸藩士。幽谷の二男。名は彪（たけき）。通称、虎之助。藩主徳川斉昭のもとで藩政改革に尽力。また、その思想は尊皇攘夷運動に大きな影響を与えた。安政の大地震で圧死。著に「正気歌」「回天詩史」などがある。

○藤森弘庵―名は大雅、盛徳。通称は恭助、弘庵。字は淳風。号は、天山、如不久齋、春雨楼、葵園、菁阿堂主人、鐵研・澹学。出身地、江戸。文久二年（一八六二）没、六十四歳。師、長野景山、古賀侗庵ら。

【参考】播磨小野藩士（右筆）―土浦侯賓師、―江戸ノ儒者、詩・文。藤盛得と修ス。（『改訂増補漢文学者総覧』の〈5291〉番）。（同書の三八八頁）。

○徳川家定―文政七年（一八二四）～安政五年（一八五八）。江戸幕府第十三代将軍。在職。嘉永六年（一八五三）～安政五年（一八五八）。家慶の四男。生来病弱のため、政治は老中に一任。後嗣がなく、将軍継嗣問題が起きた。

○一橋慶喜―（徳川）天保八年（一八三七）～大正二年（一九一三）。江戸幕府十五代将軍。在職。慶応二年（一八六六）～慶応三年（一八六七）。斉昭の七男。一橋家を相続。将軍継嗣問題では家茂に敗れ、安政の大獄では隠居謹慎を命じられた。桜田門外の変以後は家茂の後見職をつとめ、家茂の死後、江戸幕府最後の将軍となった。慶応三年（一八六七）大政奉還し、翌年江戸城を明け渡した。

○井伊直弼―文化十二年（一八一五）～万延元年（一八六〇）。江戸末期の大老。近江国彦根藩主。掃部頭（かもんのかみ）。勅許を得ずに日米修好通商条約に調印。反対勢力を弾圧して安政の大獄を起こし、水戸・薩摩の浪士らに江戸城桜田門外で殺された。

【参考】この事件・人物を描いた歴史小説に、吉村昭の「桜田門外の変」がある。

○徳川斉昭―寛政十二年（一八〇〇）～万延元年（一八六〇）。江戸末期の水戸藩士。藤田東湖らを登用して藩政を改革。尊皇攘夷論者で、井伊直弼と対立。安政の大獄で、蟄居を命じられた。水戸烈公。

○横井小楠―文化六年（一八〇九）～明治二年（一八六九）。江戸末期の思想家・政治家。熊本藩士。通称、平四郎。藩政改革に努めたが失敗し、松平慶永に招かれて福井藩の藩政を指導。富国強兵を説き、また、幕府の公武合体運動に活躍。明治維新後、暗殺された。著「国是山論」などがある。

なお、『横井小楠漢詩文全釈』野口宗親著　熊本出版文化会館　二〇一一年四月が出ている。

○武田正生―享和三年（一八〇三）～慶応元年（一八六五）。江戸末期の尊王派志士。水戸藩士。名は正生。通称彦九郎。藩主徳川斉昭に仕え、家老。藩政改革を推進。元治元年（一八六四）三月、尊王攘夷派の藤田小四郎らが筑波山に挙兵した天狗（てんぐ）党の乱では、挙兵を助け、藤田らと合流して天狗党首領となり、同志を率いて上洛の途中、加賀（かが）金沢藩に投降。同年十二月、同志三五三名とともに越前敦賀で斬首された。

【参考】この人物・事件を描いた歴史小説に、吉村昭の『天狗争乱』がある。

○林鶴梁—文化三年（一八〇六）~明治十一年（一八七八）。七十三歳。江戸時代、上野（群馬県）の人。名は長孺。通称は伊太郎。号は鶴梁。上野（群馬県）の人。家は三世続いた徳川氏の武庫の吏員。古文を長野豊山に学び、経義を松崎慊堂に受け、文名があらわれた。弘化二年（一八四五）甲府徽典館教授となり、嘉永六年（一八五三）遠州中泉代官、ついで羽州中泉代官、ついで羽州幸生の銅山奉行に擢んでられた。黒船が、我が国に来たとき鎖港を唱えて、藤森弘庵らと議論しあった。当局から退けられ、明治元年（一八六八）、維新後は出仕せず、麻布の屋敷で生徒を教えた。岡本花亭・羽倉簡堂らと並び、儒を以て吏務に任じた数少ない存在で、甲州流軍学の大家としても知られた。著書に、鶴梁文抄十巻四冊（明治一三）・同続編二巻二冊（明治一四）・酔亭詩話一冊があり、二十数年間の漢文の自筆の日記もある。（『明治文学全集62　明治漢詩文集』神田喜一郎編　筑摩書房、による）

【参考】吉田東篁の墓所について—蘆中山—（あしなかやま）に在った。
蘆中山は現在の福井県立こども歴史文化館辺り。福井市城東一丁目十八番地。
昭和二十五年（一九五〇）九月、「東部霊園」を造るために発掘され、その後改葬された。

（文献）

①「吉田東篁先生墳墓発掘に関する記録」清水くに著。（『若越郷土研究』二巻第五号　昭和三十二年（一九五七）九月一日発行　福井県郷土誌懇談会）

②「東篁先生御墓所改葬に思う」松平永芳著。（『若越郷土研究』第一三巻第三号　昭和四十三年（一九六八）七月三一日発行　福井県郷土誌懇談会）

なお、福井市の足羽山に「吉田東篁碑」がある。

五　「東篁山守君碑」（林長孺撰）と注釈

東篁山守君碑　　林長孺撰

我所嗛乎近世儒流者。以其讀書不能施事業。施。又不能得宜也。唯若東篁山守君。蓋不然矣。君少時。專心研經。終有發明于實踐之學焉。藩公聞而嘉之。擢學館小吏。及襲父後。累進昇書院番士。命學校教授兼侍讀。賜十人口米。君常云。學非實踐無益也。身雖不參藩政。豈可不盡心于此哉。乃誘導後進。講明斯道。育英養才。將使之致力于實用。逮嘉永癸丑之際。天下稍稍多事。君素尊崇王室。自謂。天下事非與天下豪傑商議贊襄不能也。至是慨然自奮。不敢寧居。十餘年間。三上京師。二入浪華。一至伊勢。又數臻江戸。東馳西騁。與四方人豪結交。上下議論。縱談時事。其隱然保護王室。不啻爲一藩也。晩坐事致仕。以明治八年五月二日終。享年六十八。葬福井城東蘆中山先塋側。置墓石焉。頃者門人故舊追慕之餘。相謀別立石于城南愛宕山君遺愛之所。具狀。徵銘于余。余與君相識久矣。義不可辭。乃據狀曰。君諱篤。字士行。東篁其號。稱悌藏。吉田氏。家世越前福井人。考諱鄰紀。山形諱某次子。出冑吉田氏。稱樂遊。妣某氏。娶高橋氏。生二男八女。二男與第二女第五女皆夭。乃乞養岡田信次子謹夫爲嗣。配第三女矣。第一女。第四女。適士族岡田某。末松某。第六女以下未嫁。初樂遊君。憂其原姓山形氏先出自甲斐名臣三郎兵衛諱昌景。而子孫失籍焉。將復興之。不能遂其志而歿。君深體先志。讓家嗣子。更稱山守東篁。以存其祀焉。山守舊係山形別姓。故君稱之云。嗚呼若君者。爲家國天下。盡其心力。而又得其宜。所不謂近世之所希乎。其銘曰。（このあとは58頁の「嗟乎宕山。……」に続く。）

東篁先生碑文

東篁山守君の碑

林　長　孺　譔

【書き下し文】

我が嗛する所や、近世儒流者は、其の読書を以て事業に施す能はず。施すも、又宜しきを得ること能はず。唯だ東篁山守君の如きは、蓋し然らず。君は少き時、専心研経す。終に実践の学に発明すること有り。藩公聞きて之を嘉し、学館の小吏に擢んでらる。父の後を襲ふに及び、累進して書院番士に昇り学校教授兼侍読を命ぜらる。十人口米を賜ふ。君常に云ふ、学は実践に非ずば無益なり。身藩政に参せずと雖も、豈に心を此に尽くさざらんや。乃ち後進を誘導し、斯道を講明す。英を育て才を養い、将に之をして力を実用に致さしめんとす。嘉永癸丑の際に逮び、天下稍稍多事なり。君素より王室を尊崇す。自ら謂ふ、天下の事は天下の豪傑と商議し賛襄不能に非ざるなり。是に至り慨然として自ら奮ふ。敢えて寧居せず。十余年間、三たび京師に上り、二たび浪華に入り、一たび伊勢に至る。又数たび江戸に臻る。東駈西聘し、四方の人豪と交はりを結ぶ。上下議論し、縦に時事を談ず。其れ隠然として王室を保護す。ただに一藩と為さざるなり。晩に事に坐して致仕す。明治八年（一八七五）五月二日終はる。享年六十八。福井城東蘆中山先塋の側に葬り、墓石を置く。この頃門人故旧追慕の余り、相ひ謀りて別に石を城南の愛宕山君遺愛の所に立つ。具に状す。銘を余に徴す。余君と相識ること久し。義として辞すべからず。乃ち状に拠りて曰はく、君諱は篤。字は士行。東篁は其の号。悌蔵と称す。吉田氏は、家世よ越前福井の人。考の諱は隣紀。山形の諱は某の次子。出でて吉田氏を冒す。楽遊と称す。妣は某氏。高橋氏を娶る。二男八女を生む。二男、第二女、第五女、皆夭す。乃ち乞ひて岡田信次の子謹夫を養ひ嗣と為す。第三女を配す。第一女、第四女は士族岡田某、末松某に適す。第六女以下は未だ嫁せず。初め楽遊君、其の原姓を憂ふ。山形氏の先は甲斐の名臣三郎兵衛、諱は昌景より出ず。而して子孫籍を失ふ。将に之を復興せんとす。其の志を遂ぐ能はずして没す。君は深く先の志を体し、家を嗣子に譲る。更に山守東篁と称す。以て其の祀を存す。山守は旧山形の別姓に係る。故に君之を称して云ふ、嗚呼、君のごとき者は、家、国、天下の為に、其の心力を尽くし、而してまた其の宜を得る。近世の希なる所と謂はざる所か。

其の銘に曰はく、

嗟乎宕山、其の境は絶塵なり、花木は維れ美にして、眺矚は維れ真なり。君の曾て遊び、客と会し醇を飲む。一朝世に就き、人其の神を祭る。徳に感じ追従す。酒肴粛しみ疎（治）め、花間に羅拝す、宕山の春。

【通釈】

私は心に抱く（思う）のだが、近世の儒学者は、読書の成果を事業に使うことが出来ない。使っても、また、適宜の結果を得ることが出来ない。唯、号は東篁、苗字は山守君のような人は、思うにそうではない。君は若いときは、熱心に書物を読み研究した。そして、実践的なものを対象とする学問に、明らかに悟るところがあった。藩公（松平春嶽）はこのことを聞き佳いことと認め、学校の小役人に取り立てた。父の家督を継ぐと、次々に昇進して書院番士に進んだ。そして学校教授兼侍読の職を命じられた。十人扶持を下された。

君はいつもいう、学問は実践を伴うものでなければ役に立たない。我が身は（福井）藩の政治に参加していないけれども、どうして心をこれ（藩政）に尽くさないことがあろうか（尽くす）。そして、後輩を誘い導き、正しい学問（実践の学問）を説き明かしている。（そして）英才を養成し、その力を実用に尽くさせようとしている。

嘉永六年（ペリー来航）の時になって天下はだんだん事件が多くなった。君はもともと王室を尊び崇めている。自分からいう、天下のことは、天下の豪傑と相談し合えば、進めたり取り除いたりすることが出来ないということはない、と。（天下の事態が）こういうことになり、憤り嘆き、自分から奮起し、敢えて安心して落ち着いて生活しなかった。十余年間に、三度京都に上り、二度大阪に入り、一度伊勢へ行った。また、数回江戸に至った。東へ奔走し、西を訪問した。四方（各地）の優れた人たちと交際をした。（地位の）高い人、低い人と議論をし、自由に時事問題について対談した。そして、陰では強い影響力をもって王室（天皇）を保護した。それは、単に一藩に止まらなかった。晩年、事件に連座して退職して隠居した。

明治八年（一八七五）五月二日に（生涯を）終えた。享年六十八歳であった。福井城の東、蘆中山の先祖の墓の傍らに葬り墓石を置いた。この頃、門人や古くからの知り合いが、先生をなつかしく恋しく思い、相談して、墓とは別に、石碑を城南の愛宕山（足羽山）の君が好んでいた場所に建てた。事細かに状に表した。そして、墓誌銘を私（林鶴梁）に（書くように）求めた。私は君と長い知り合いである。義理として辞退することは出来ない。そこで、状に拠って言うと、君の諱は篤。字は士行。東篁は其の号。悌蔵と称した。吉田氏は、家は代々越前福井の人である。考（父）の諱は隣紀という。山形の諱が某（なにがし）の次男である。（家から養子に）出で吉田氏を継いで、楽遊と称した。妣（祖母）は某（なにがし）氏。（妻に）高橋氏を娶った。二男八女が生まれた。二男、第二女、第五女はみな若死にした。そこで乞うて岡田信次の子ども謹夫を養子とし後継ぎとして第三女を配偶者（妻）とした。第一女、第四女は士族岡田某（なにがし）、末松某（なにがし）に嫁いだ。第六女以下は未だ嫁入りしていない。初め楽遊君は其の原姓のことを心配していた。山形氏の先祖は甲斐の名臣三郎兵衛で、諱は昌景という者から出ている。しかし子孫は籍を失った。（そこで）山形姓を復興しようとしていた。その志を果たすことが出来ずに亡くなった。君は深く先祖（祖父）の志を身を以て考え、家を嗣子に譲った。更に（自分は）山守東篁と称した。そして（山形）の先祖を祀るようにした。山守は旧山形の別姓に関係している。それで君は山守というのである。嗚呼、君のような人は、家、国、天下の為に、其の心も全ての力を尽くして、また、それが適宜を得ているのである。近世希なことであると言わない所であろうか（まれなことである）。

其の墓碑銘に曰う、

嗟乎《ああ》　愛宕山は、其の境界は俗世間とは縁を切っている（清浄の地である）花や木々は美しく、眺矚（遠くまで見渡せる眺め）は真実の世界である。君は以前ここに遊覧し、客と会合し美酒を飲んだのだ。（しかし）ある朝別世界に行ってしまった。いま、人はその御霊を祭っている。（我々は君の）徳に感じ（君に）追従している。酒肴を粛しみ疎（治）め、花の間に並んで拝礼している。愛宕山の春景色の中で。

【語釈】

○嗛―（カン、ゲン）①ふくむ。イ、ほほばる、ロ、心にいだく、うらむ（『大漢和辞典二巻』、一一二一頁）。○儒流者―儒①孔子を祖とする思想。儒学、儒教。②儒者、儒学者。○東篁山守―「（吉田悌蔵の）住居は福井の東郊桜ノ馬場（今の旭小学校の位置）の竹やぶの中に在った。彼の号「東篁」はこれに由来する」（『我等の郷土と人物』第三巻、福井県文化誌刊行会、昭和三十二年発行、一五二頁、吉田東篁　杉原丈夫著）。○専心―研究・学問などに心を集中させ、熱心に行うこと。○研経―研―みがく。とぐ。経―書物。儒教で聖人の教えや言行を説いた書物。熱心に書物を読み研究したこと。○実践学―実践的なものを対象とする哲学。ここでは、東篁が信奉した山崎闇斎流の実践躬行の学問を指すのであろう。○発明―物事の道理や意味を明らかにすること。また明らかに悟ること。○藩公―松平慶永（春嶽）公。○学館＝学校。学問を教える所。○小吏―低い地位の官吏。小役人。○十人口米―十人扶持の意。口米は扶持米のことで、下級藩士に給された俸禄。○侍読―藩主に侍して書を講ずる者。○斯道―実践の学を指す。○育英養才―英才を養育すること。○嘉永癸丑―嘉永六年（一八五三）。○稍稍―少しずつ。だんだん。○商議―相談し合うこと。協議。評議。○賛襄―賛―まみえる、会見する。進める。みちびく、助ける。たたえる。襄―はらう、とりのぞく。わりこむ。賛襄―進めたり、取り除いたりすること。○慨然―憤り嘆くさま。憂い嘆くさま。心を奮い立たせるさま。○寧居＝寧処。安心して生活する。○京師―みやこ、帝都。ここは京都のこと。○浪華―大阪市の古名。ここは大坂のこと。○伊勢―旧国名の一。ほぼ三重県北部に相当。○江戸―東京の旧名。○東馳西聘―東馳＝東奔。西聘＝西に訪う。おとずれる。訪問して安否をたずねる。東奔西走とほぼ同じである。東西に奔走する。あちこちいそがしくかけまわる、の意味。○人豪―人傑。多くの人の中で、特ににすぐれた人。○縦―（ソウ）①放つ。②ゆるす。③ゆるい。④ゆるめる。⑤ほしいまま、ほしいままにする。ここは⑤であろう。○隠然―表面には現れないが、陰では強い影響力を持っているさま。○致仕―①官職を退くこと。また、退官して隠居すること。②（古く、中国で七十歳になると退官を許されたところから）七十歳の異称。○故旧―古くからの知り合い。古いなじみ。旧知。○追慕―死者や別れた人を恋しく思い出すこと。○愛宕山―足羽山のこと。○遺愛―故人が大切にしていた品で、残っている物。故人が残した功績。○徴銘于余―吉田東篁の業績を石碑に刻むための文章を私（林鶴梁）に求めたということ。銘─器物・碑などに刻んで物事の来歴や人の功績を述べた文。○義不可辞─義理として辞退することは出来ない。○存其祀─其の（先祖を祭る）祀りを残した。○絶塵─俗世間との縁を切ること。絶俗。○眺矚─遠く眺め見つめる。遠くまで見渡す。○醇─まじりけがなく、こくのある酒。

（人名）

○林鶴梁─文化三年（一八〇六）～明治十一年（一八七八）。七十三歳。江戸時代、上野（群馬県）の人。名は長孺。通称は伊太郎。号は鶴梁。家は三世続いた徳川氏の武庫の吏員。古文を長野豊山に学び、経義を松崎慊堂に受け、文名があらわれた。弘化二年（一八四五）甲府徽典館教授となり、嘉永六年（一八五三）遠州中泉代官、ついで羽州中泉代官、ついで羽州幸生の銅山奉行に擢んでられた。黒船が、我が国に来たとき鎖港を唱えて、藤森弘庵らと議論しあった。当局から退けられ、明治元年（一八六八）、維新後は出仕せず、麻布の屋敷で生徒を教えた。岡本花亭・羽倉簡堂らと並び、儒を以て吏務に任じた数少ない存在で、甲州流軍学の大家としても知られた。著書に、鶴梁文抄十巻四冊（明治一三）・同続編二巻二冊（明治一四）・酔亭詩話一冊があり、二十数年間の漢文の自筆の日記もある。

（『明治文学全集62　明治漢詩文集』神田喜一郎編　筑摩書房、による）

六「遺愛帖跋」（門人・村田氏壽譔）と注釈

嗟乎宕山。其境絕塵。花木維美。眺矚維眞。君之曾遊。會客飲醇。一朝就世。人祭其神。感德追縱。酒肴肅疎。花間羅拜。宕山之春。

遺愛帖跋

門人村田氏壽譔

右越藩教授東篁山守先生友人。藤田東湖。橫井沼南。梁川星巖。春日讚州。梅田雲濱其他數氏。所寄手簡也。先生姓吉田。後改山守。生於文化年間。値太平日久。百事頽廢。年甫弱冠。慨然有濟時之志焉。自玆自奮力學。時人不信然。誹謗四出。先生持志益堅矣。學以伊洛爲宗。於四書六經近思錄。無不精習嘗曰。我邦能傳聖道者。獨有山崎闇齋耳。遂私淑闇齋。不喜詞章。其解經也。兼用其說。以發明之。本

遺愛帖跋　五

未秩然。盤盤有叙。初開私塾。樂育後進。居數年。來學滿門。上自大夫士。下至步卒。罔不樂受其業。一時英俊多出其門。如本多鈴木二氏。名聲尤著。時春岳公。鋭意圖治。尚勤儉。戒侈惰。愛士擧賢。講武修文。庶政維振。百廢俱興。先生雖不關機務。實隱然具贊襄之力。於是先生之學。爲上下所信焉。公及乎興明道館。拔擢先生。爲助教。後爲教授兼侍讀。恪勤盡職。前後十年。會王政復古。先生議不合。以事致仕。尋賞積年之功。賜年金五十圓。先生歿焉。公配享先公祠堂。蓋其功遂不可忘之故也。嗚呼先生。當封建因循之日。育於卒伍之家。累進爲一國之教官。身死受主家之配享。雖藩公好賢使然。非先生忠愛爲國之深。豈能僥倖其榮哉。先生憂國之情。出乎天性。嘗有言曰。國之元氣。關乎人材。世無英傑之士。國非其國也。苟當其事。忘身爲之。

嘉永安政之際。外患切迫。海內騷然。先生以爲。不助幕府。事不可復濟矣。助幕府。非乎合一有志諸侯則不可。於是與水戸藤田。肥後横井等。往復數回。又屢周旋于兩京之間。後有佐賀及臺灣之事。單身上京。而欲建言三條相國。而事遂不果焉。明年歿矣。今也門人笹川章門。鈴木重弘。捜先生舊簏。緝諸氏手簡。裝潢爲卷。索余一言。余固不文。宜辭。然嘗聽先生之說。藤田横井其餘諸賢。相識亦舊矣。今及乎見此卷。追憶往事。感慨塡胸。不能自止也。遂忘蕪辭。跋其後如此。

時明治十一年十二月五日也。

村田氏。福井藩世臣。維新初。爲藩大參事。後歴敦賀岐阜二縣令。爲內務大丞。此書。吉田家所藏遺愛帖跋。能記先生事。因附載焉。

遺愛帖跋

遺愛帖の跋

門人　村田氏壽　譔

【書き下し文】

右は越藩教授東篁山守先生の友人・藤田東湖、横井沼南《ママ》（小楠）、梁川星巌、春日讃州、梅田雲浜、其の他数氏の寄する所の手簡なり。先生、姓は吉田、後山守に改む。文化年間に生まる。太平の日久しく、百事頽廃するに値ふ。年甫（はじ）めて弱冠にして、慨然として時を済ふの志有り。茲より自ら力を奮って学ぶ。時人然るを信ぜず。誹謗四出す。先生志を持すること益々堅し。学は伊洛を以って宗と為す。四書六経、近思録に於いて精習せざるなく、嘗て曰はく、我が邦能く聖道を伝ふる者は、独り山崎闇斎有るのみ。遂に闇斎に私淑するも、詞章を喜ばず。其の経を解するや、兼ねて其の説を用ひ、以て之を発明す。本末秩然として、鑿鑿として叙有り。初め私塾を開くに、楽しみて後進を育つ。居ること数年、来学門に満ち、上は大夫士より下は歩卒に至るまで、其の業を受くるを楽しまざるなし。一時の英俊、多くは其の門に出づ。本多、鈴木二氏の如きは、名声尤も著し。時に春岳公、鋭意治を図り、勤倹を尚び、侈惰を戒む。士を愛し賢を挙ぐ。武を講じ文を修めしむ。庶政維れ振ふ。百廃倶に興る。先生機務に関はらずと雖も、実に隠然として賛襄の力を具なふ。是に於いて先生の学は、上下の信ずる所と為る。公は明道館の興るに及び、先生を抜擢し、助教と為し、後に教授兼侍読と為す。勤めに恪《つつ》しみ、職を尽くすこと、前後十年なり。王政復古に会ふ。先生議合わず、事を以て致仕す。尋《つ》いで積年の功を賞せられ、年金五十円を賜る。先生歿す。公先公の祠堂に配享す。蓋し其の功は遂に忘るべからざるの故なり。嗚呼先生封建因循の日に当たり、卒伍の家に育ち、累進して一国の教官と為る。身死して主家の配亨を受く。藩公賢を好み然らしむと雖も、先生の忠愛国の為にすること深きにあらざれば、豈に能く其の栄を僥倖とせんや。先生の憂国の情は、天性より出づ。嘗て言有りて曰はく、国の元気は、人材に関はる。世に英傑の士無くして、国はその国に非らず。苟も其の事に当たりて、身を忘れこれを為す。嘉永安政の際、外患切迫し、海内騒然たり。先生以為《おもへら》く、幕府を助けざれば、事は復た済ふべからず、と。幕府を助くるには有志の諸侯を合一するに非らずんば則ち不可なり。是に於いて水戸の藤田、肥後の横井などと、往復数回、又屡々両京の間を周旋す。後に佐賀及び台湾のこと有り、単身上京す。而して三条相国に建言せんと欲す。而して事遂に果たさず。明年歿す。今や門人笹川章門、鈴木重弘は、先生の旧簏を捜し、諸氏の手簡を緝め、装潢して巻と為す。余に一言を索む。余固より不文なる。宜しく辞すべきも、然れども嘗て先生の説を聴けり。藤田、横井、其の余の諸賢は相識るも亦旧し。今此の巻を見るに及び、往事を追憶し、感慨胸を塡め、自から止むる能はず。遂に蕪辞を忘れ、其の後に跋すること此の如し。時に明治十一年十二月五日なり。

村田氏は、福井藩の世臣《せいしん》なり。維新の初め、藩の大参事と為る。後敦賀、岐阜の二県令を歴て、内務大丞と為る。此の書は、吉田家所蔵の遺愛帖の跋なり。能く先生の事を記す。因って附載す。

【通釈】

右は、越前藩の教授東篁山守先生の友人藤田東湖、横井沼南《ママ》・梁川星巌、春日讃州、梅田雲浜、其の他数名が送った手紙である。先生の苗字は吉田、のち山守に改めた。文化年間に生まれた。（日本では）太平無事の日が続き、万事が頽廃している時に出合った。年は初めて二十歳になり、憤慨して時代の弊害を取り除こうという志を立てている。このことから、自分で努力して学んだ。当時の人は（先生が）そうなっているのを信じてくれないで、悪口が四方から出ていた。先生は志を更に強く持った。先生の学問は程朱の学を主とするものである。儒教の根本経典である四書、六経、近思録を詳しく学習した。以前いったことがある、我が国で、聖人の道を伝えている者は、ただ一人山崎闇斎がいるだけである、と。それで闇斎に私淑したが、詩歌や文章を喜ばなかった。その経文を解釈するときは、その説を用い、合わせて自分の意見を出した。本がまだきちんと順序よく整っていなかったが、論旨が明らかで、順序があったのである。初めて私塾を開くと、楽しみつつ後進を育てた。そのようにして、数年経つと来学者が門に一杯になり、上は家老職の人から下は足軽まで、その学業を受けることを楽しみにしない者はいなかった。当時の才知のすぐれている者は、多くはその門下から出た。本多（修理）、鈴木（主税）二氏のような人は名声が最も高かった。当時、（藩主松平）春嶽公は、政治に一生懸命励み、勤勉倹約をたっとび、奢侈怠惰を戒められた。学問に励む士を愛し、賢明な者を採用した。文武の併習を修めさせた。（その結果）各方面の政治が思うように順調になり、能力を十分に表した。多くの廃止されていたことも揃って興った。先生は重要な政務には関与されなかったが、誠に陰では進めたり取り除いたりする強い影響力をもっていた。以上のようなことで、先生の学問は地位の高い人も低い人も信ずる所となったのである。春嶽公は、明道館が創建されると先生を抜擢して、助教とし、後に教授兼侍読とされた。先生は職務に忠実に勤め尽力すること十年であった。王政復古（明治維新）に出会った。先生の議論（意見）は当局と合わず、ある事情で官職を退いた。（しかし）長年の功績が認め誉められて、年金五十円を賜った。先生が亡くなった。春嶽公は先君の廟に合わせ祭った。思うに、その功績は忘れることの出来ないものであるからである。

ああ、先生は封建制度の古い方法・習慣の時代に直面して足軽の家に育ち、出世を重ねて一国の（学校の）教官となった。一身は死んだが、先代の主人と同じ廟に祭られた。（これは）藩公が賢明な者を好まれた結果そのようになったのであるけれども、先生の忠君愛国の気持からすることが深くなければ、どうしてそのような栄誉を思いがけない幸運とすることが出来ようや。先生の国を憂え嘆く思いは、天から与えられた性質から出ている。かつて言われたことがある、国家の元気は人材と関係がある。この世に英雄豪傑の人物がいなくては国は国家ではない。もしかりに、国家が大事件に当面したら、一身のことを忘れて対処するものである。嘉永安政の時、外憂差し迫っており、天下は不穏であった。先生が思われるに、幕府を助けなければ、事態はまた救済することは出来ない、と。また幕府を助けるには有志の諸侯が一つにならなければ、駄目である。この状態の中で、水戸の藤田、肥後の横井などと数回往復し、たびたび京都と東京の間で、事をまとめるために世話をした。後に、佐賀と台湾のことがあり。一人上京した。そして、三条実美太政大臣に建言しようとした。しかしそのことは果たせなかった。（そして）翌年亡くなった。今や、門人の笹川章門、鈴木重弘は、先生の古い本箱を捜し、諸氏の手紙を集め、表装して巻物とし、私に一言を求めた。私はもちろん不文（文学的才能がないの）である。当然辞退するべきであるが、かつて、先生の説を聴いた。藤田、横井、その他の多くの賢者は互いに知り合ったのも昔だ。今、この巻物を見ると、過ぎ去った昔のことを思いしのび、感慨が胸を一杯にし、自分から止めることが出来ない。（私は）下手で乱雑な文章なのを忘れ、その後に後書きを書いてこのようになった。時に、明治十一年十二月五日である。

【語釈】

○遺愛帖—遺愛—①故人が大切にしていた品で、残っている物。②故人が残した功績。○手簡—手翰。手紙。○年甫—年始めて。○弱冠—〔「礼記曲礼上」による。二十歳を「弱」といって元服して冠をかぶったことから〕男子二十歳のこと。○済時—時を済(すく)う。○時人—その時代の人。当時の人々。○誹謗—他人の悪口を言うこと。○四出—四方へ出ること。四方へ出すこと。○伊洛—程朱の学。宋の二程子が伊川と洛陽の間で学を講じ、朱子がその学統を受け継いだのでいう。伊洛は伊水と洛水のこと。○四書—儒教の根本経典とされる「大学」「中庸」「論語」「孟子」の総称(「大学」「中庸」はもと礼記の中の各一篇を独立させた)。○六経—六つの経書。易経、詩経、書経、春秋、礼記、楽記(または周礼)の総称。○近思録—中国、宋代の哲学書。十四巻。朱熹(しゅき)・呂祖謙(りょそけん)編。一一七六年刊。北宋の代表的な哲学者、周濂渓(れんけい)・程明道・程伊川・張横渠・の言葉の中から、初学者に適当なものを選び、分類して編集したもので、宋学の入門書として必読のものとなった。○聖道—聖人の道。○私淑—〔「孟子離婁下」から。私(ひそ)かに淑(よ)しとする意〕直接教えを受けたわけではないが、著作などを通じて傾倒して師と仰ぐこと。○詞章—①詩歌や文章の総称。②謡物や語り物の文句。○本末秩然—本末だ秩然たらず。基本がまだきちんと順序よく整っていない。○鑿鑿—①鮮明なさま。あざやか。②明確なさま。論旨の明らかなさま。○有叙—順序、次第、がある。○大夫—大名の家老の異名。○歩卒—徒歩の兵隊。歩兵。あしがる。○英俊—才知のすぐれていること。また、その人。俊英。○鋭意—一生懸命励むこと。○勤倹—勤勉で倹約につとめること。○侈惰—奢侈—度を超えて贅沢なこと。身分不相応な暮らしをすること。怠惰—懶けること。懶けてだらしないこと。そのさま。○庶政—諸政。各方面の政治。○百廃—多くの廃止されていたこと、か。○機務—非常に重要な事務。機密の政務。○隠然—表面には現れないが、陰では強い影響力を持っているさま。○賛襄—賛

―まみえる、会見する。進める。みちびく、助ける。たたえる。襄―はらう、とりのぞく。わりこむ。賛襄―進めたり、取り除いたりすること。

〇明道館―藩校の歴史。文政二年（一八一九）第十三代藩主松平治好のとき、福井城下桜ノ馬場に学問所を設立、正義堂と命名した。藩士の子弟や僧侶・庶民の希望者を適宜入学させ、句読・文義を教授した。十六代藩主慶永（春嶽）は藩政を刷新するために鈴木主税らの建議をいれ、教育の振興をはかった。安政二年（一八五五）三月、新たに学問所を城内三ノ丸大谷屋敷に設立、明道館と命名した。建学の基本理念は「文武不岐」と「学政一致」を掲げ、入学した十五才以上の藩士の子弟に徹底的に教育した。職員には、総教・参教・学監・教授などがあり、吉田悌蔵（東篁）・徳山唯一（重陽）・矢島恕輔（立軒）らが採用され教育に当たった。最盛時には生徒は千三百人であったという。科目には経書科・兵書武技科・国史和書科・歴史諸子科・典令科・詠歌詩文科・習書算術暦学科・医学科・蘭学科があり、医学科は別に済世館（医学館）が担当した。経書は朱子の定本により、また蘭学は天文・地理・軍学・医学などの実用の学を主とし、富国強兵を目指す藩政改革に役立てた。安政四年、学監同様心得に就任した橋本左内は特に横井小楠の「学政一致」の教育に藩政改革の精神的支柱を求め、明道館の整備、拡充につとめた。同年左内の建議で洋書習学所を設立し、海防技術の基礎を習得させ、また、館内に武芸稽古所を設立している。明道館は、充実した規模を持ち、進歩的な教育によって多くの人材を養成した。明治二年（一八六九）六月、藩校を城内下馬門内に移し、館名を明新館と改称した。同館の御傭教師の中で有名な人物は『皇国』の著者、米人グリフイスである。明新館が藩校として経営されたのは廃藩置県までの二年二ヶ月である。

（大石学〔編〕『近世藩制・藩校大事典』吉川弘文館、二〇〇六年第一冊発行、五〇三～五〇四頁）

○抜擢―多くの人の中から、特にひきぬいて用いること。○助教―律令制で、大学寮の職員。明経科に置かれ、博士を助けて教授や課試に当たった。定員二名。ここは福井の藩校の地位のこと。○恪勤尽職―職務に忠実に勤め、職務に尽力する。○致仕―①官を退くこと。また、退官して隠居すること。②（古く、中国で七十歳になると退官を許されたところから）七十歳の異称。○尋賞積年之功―長年の功績をたずね探って褒美を賜る。ほめ讃える。○年金―毎年一定の金額を定期的に給付する制度の下で支払われる金銭。○配亨―亨はまつる（祭）。配亨（饗）①二つのものがあいあたる。亨は当の意味。②まつりに主神のほかに他の神をもあわせまつる。天子の廟に功臣をまつり、孔子の廟に他の儒者をまつるなど。○先公―先代の君主。先君。○祠堂―寺で檀家の位牌をまつる堂。在家では、祖先をまつる部屋や堂。みたまや。持仏堂。位牌堂。廟。○封建―〔封土を分け諸侯を建てるの意味〕皇帝・天子・王などが直属の公領以外の土地を諸侯などに分け与え領有させること、またその制度。○因循―①古い方法・習慣に従って改めようとしないこと（さま）。②ぐずぐずして煮え切らないこと（さま）○卒伍の家―身分の低い者の家。また、兵卒の隊伍。○忠愛―忠実であって仁愛のあること。また、そのさま。○僥倖―①思いがけない幸運。②幸運を待つこと。○憂国―国の現状や将来を憂え嘆くこと。○天性―生まれつき備わっていること。天から与えられた性質。○英傑―知恵・才能・実行力などにすぐれた人。英雄豪傑。○外患―外部から圧迫を受ける心配。外国から責められる心配。外憂。○切迫―期限などがさしせまること。緊張した状態になってくること。○海内―四海の内。国内。天下。○騒然―ざわざわと騒がしいさま。不穏で落ち着かないさま。○周旋―事をなすために立ちまわること。世話をすること。○両京之間―京都と東京の間。

○佐賀及台湾之事―

＊佐賀の乱―明治初期の士族反乱の一つ。一八七四（明治七）年二月、征韓論に敗れて下野した前参議江藤新平らが、郷里佐賀県を中心に起こした。江藤は佐賀の征韓党にむかえられ、元秋田県権令島義勇を首領とした憂国党とともに蜂起したが、政府軍のすばやい攻撃に屈した。江藤は脱出して西郷隆盛の助力を請うたが、拒否された。政府は江藤・島を梟首の極刑に処し、各地の反政府的不平士族に対して強硬な態度を示した。（『新版日本史事典』四三四頁、角川書店）

＊台湾出兵―明治政府の最初の海外出兵。一八七一（明治四）年琉球の船が台湾に漂着し乗組員が殺害されたため、政府は琉球帰属問題を背景に清国と交渉した。しかし清国が台湾東海岸を「化外の地」としたので、七四年政府は出兵を計画、「蕃地」事務局をおき、事務都督に西郷従道を任命した。英米の反対と政府部内の異論でいったんは中止したが西郷の強硬意見で出兵を決定し、五月二十二日攻撃を開始した。同年十月参議大久保利通は清国と交渉し、イギリス公使ウエードの斡旋で和議が成立した。台湾出兵は「保民の義挙」であるとし、清国から補償金として銀五十万両（約六十七万円）を受領した。（『新版日本史事典』六五〇頁）

○建言―考えや意見を上の人や政府などに申し述べること。また、その考え。○旧簏―（キュウロク）古いはこ。書物や衣類などを入れる、竹製の丈の高い箱。○装潢為巻―表装して巻物とする。○索余一言―私に一言を求めた。○不文―下手な文。○追憶―昔のことや故人のことを懐かしく思い出すこと。過去を思いしのぶこと。追憶。○往事―過ぎ去った昔のこと。○蕪辞―乱雑な言葉。洗練されていない言葉。また、自分の文章をへりくだっていう語。○跋―書物・文章などの末尾にしるす文。後書き。○藩世臣―藩に代々仕えた臣下・家来。○文化年間―文化元年（一八〇四）二月十一日～十五年（一八一五）五月二十六日。享和の後、文政の前。光格・仁孝天皇の代。○嘉永安政

—嘉永。年号。一八四八年二月二十八日～一八五四年十一月二十七日。弘化の後、安政の前。安政。年号。一八五四年十一月二十七日～一八六〇年三月十八日。嘉永の後。万延の前。孝明天皇の代。○王政復古—①王政から武家政治・共和制に移った後、再び王政に戻ること。日本の明治維新、フランスの革命後の王朝政治の復活など。②一八六七年（慶応三）十二月九日、倒幕派が王政復古の大号令を発し、江戸幕府を廃して政権を朝廷に移した政変。

○維新—明治維新のこと。御一新。○敦賀岐阜二県令—敦賀県（後に福井県の一部になる）と岐阜の県令となった。

○藩大参事—（権限は今日の県知事に相当）。明治四年十一月二十日、本保、福井、丸岡、大野、勝山の五県を廃止して福井県ができた。県は福井の佐佳枝上町に県庁を置いて村田氏壽（うじひさ）が初めて参事となった。五十一歳であった。［因みに、この時、小浜、敦賀の二県を廃止して敦賀県とした。県庁は敦賀の結城町に設けられ、支庁を小浜、鯖江にこしらえ、熊谷直光（秋田県人）が参事になった。］

○内務大丞—明治九年（一八七六）内務大丞兼警保頭の職にあった。

（『福井人物風土記』青園謙三郎著、福井新聞社編、五十五～五十九頁、参照）

（人名）

○東篁山守—前出・五十五頁の【語釈】の項参照。

○梁川星巌—寛政二年（一七八九）～安政五年（一八五八）江戸後期の漢詩人。美濃の人。名は孟緯、字は公図。江戸で山本北山に学び、神田に玉池吟社を開き、優秀な門人が輩出した。のち京都で頼三樹三郎ら勤王の志士らと交わり尊王攘夷を唱える。「星巌集」「春雷余響」などがある。

○春日讃州—文化八年（一八一一）～明治十一年（一八七八）江戸末期・明治初期の儒者。京都久我家の臣。陽明学

を信奉して国事に奔走。安政の大獄に連座。維新後、奈良県知事。著に「潜庵遺稿」などがある。

○梅田雲浜―文化十二年(一八一五)～安政五年(一八五九)。幕末の尊攘派の志士。若狭小浜藩士。文化一二年、小浜城下、竹原三番地(現小浜市千種二丁目)で、父矢部《やべ》岩十郎義比《よしちか》、母義《よし》の二男として生まれた。文政五年(一八二二)八歳のとき、藩校順造館に入学。文政一二年(一八二九)一五歳の春、京都の望楠軒《ぼうなんけん》で一年間苦学。翌年には江戸小浜藩邸内の信尚館へ入学し、儒者山口菅山《かんざん》に学び、二六歳までの約一〇年間、崎門《きもん》(山崎闇斎)学派の朱子学を学んだ。

実践躬行《きゅうこう》を重視する崎門学を自ら実践した朱子学者であるといわれている。多年の修学をを終え、小浜に帰り、祖父の生家の梅田姓を名乗った。天保一二年(一八四一)二七歳、父に随行し熊本に行き、長岡監物・横井小楠らと交わった。大津に上原立斎を訪ね、入門を乞うたが、友人の扱いを受けた。その大津で湖南塾を開いた。二九歳で望楠軒講主となった。嘉永三年(一八五〇)たびたび藩政改革の意見を上申した。翌々年、藩政に対する意見の建白がもとで士籍を削られ浪人となった。嘉永六年(一八五三)三九歳、京都に転居。ペリー来航を機に梁川星巌《やながわせいがん》・頼三樹三郎らと対外問題について謀議。一二月、吉田松陰が雲浜を訪問。安政元年(一八五四)、再度のペリー来航により江戸に急行し、志士と謀議。藤田東湖に水戸藩の決起を説いた。さらに水戸に行き、水戸藩の決起を促した。大和十津川郷士を訓練し、勤王の兵を養成した。九月、露艦大坂湾侵入のため十津川郷士を率い、これを撃つべく大坂に向かった。安政三年(一八五六)、青蓮院《しょうれんいん》宮の信任を得、宮家に出入り。一一月、長州の萩に赴き、勤王のために決起を促した。翌年長州と上方の物産交易に活躍。安政五年(一八五八)、幕府が条約勅許を朝廷に請うたとき、青蓮院宮らに意見を具申し、不裁可になるよう策動した。

同年四月、井伊直弼が大老となり、幕政を強行した。将軍継嗣問題では一橋派に属し、また幕府に朝旨を尊重せよという勅諚降下のため策謀した。このため九月七日、〝安政の大獄〟のトップをきって、幕吏に捕らえられ、安政六年、小倉藩廷内で獄死した。

（『郷土歴史人物事典』一〇二、一〇三頁）

○三条相国―相国は①中国で、宰相のこと。②太政大臣・左大臣・右大臣の唐名。

三条は三条実美《さねとみ》。天保八年（一八三七）～明治二十四年（一八九一）。幕末・明治前期の公卿、政治家。実万の子。七卿落ちの一人として長州藩に逃れた。王政復古後、新政府の議定となり、明治元年（一八六八）副総裁・輔相などの要職を経て、廃藩置県後、太政大臣の職にあった。内閣制度実施に伴い、内大臣に転じ、黒田清隆内閣崩壊の際、一時首相を兼任した。

○山崎闇斎―前出。「題吉田東篁先生遺稿」参照。

○藤田東湖―前出。「吉田東篁先生傳」参照。

○横井沼南（小楠）―前出。「吉田東篁先生傳」参照。

○本多修理―前出。「吉田東篁先生傳」参照。

○鈴木主税―前出。「吉田東篁先生傳」参照。

第二部　論考「『東篁遺稿』研究」

――吉田東篁と陶淵明――

序説

序

福井藩の儒学者、吉田東篁の一略歴、二『東篁遺稿』、及び三東篁遺稿の漢詩に見られる陶淵明からの影響、について述べたい。

吉田東篁出生の頃までの福井藩の儒学の系統については、大むね次の如くである。

「福井藩学としての学問（儒学）の系統を大別してみると、⑴京学系の朱子学派、⑵南学系闇斎学派、⑶寛政期以後の江戸昌平校修学者による昌平学派の三つで、いずれも朱子学を宗としたことに変わりはない。

まず寛文中、京都の儒者伊藤坦庵によって京学系朱子学が播種せられて、その子孫、家学を紹述して藩儒となって展開した。それから五十年余り後、正徳五年、前田葉庵が招かれて、闇斎学派を導入し、この子孫もまた代々儒官となり家学を紹述した。

寛政期を過ぎて、享和の初め、藩儒高野春華惣左衛門が、江戸に出て佐藤一斎・林祭酒述斎の門に出入して薫陶を受け、文政十二年、再び福井藩儒となって藩士子弟の教導に当たってから、江戸昌平校の学風の種が播かれた。」（『近世藩校に於ける学統学派の研究』笠井助治著　五二六・五二七頁）

さて、このような情況のもとで吉田東篁は生まれた。

一　吉田東篁の略歴

吉田東篁は一八〇八（文化五）年八月一日、福井城下の桜の馬場（福井市の東部）の近所に生れた。幼名は金一、のち篤、悌蔵。字は士行。号は東篁、蒙斎、江湖散人、山守東篁。

父の名は吉田金八、藩の軽輩である。

一八一一（文化八）年三月に申請された藩の学問所正義堂が、一八一九（文政二）年八月六日に桜の馬場に開設され、十二歳の東篁が入学した。東篁はまず前田梅洞に学んだ。そして、一八三一（天保二）年二十四歳ごろには句読師となっていたと見られる。

一八三三（天保四）年五月二十五日、京都の学者清田松堂（丹蔵）が正義堂の学頭に就任し、東篁は以後梅洞に次いで松堂をも師とすることになった。これより東篁は、山崎派の鈴木撫泉に私淑して、実践躬行の学問を修める崎門学派となった。二十六歳のことである。

一八五一（嘉永四）年六月十二日、東篁四十四歳の時、横井小楠（四十三歳）が福井に来た。東篁は横井小楠が来たことから何らかの影響を受けたと思われる。

一八五三（嘉永六）年六月三日、アメリカの軍艦四隻が浦賀に入港した。四十六歳の東篁は藩に三か年の暇を請い、江戸に出て国事に奔走した。彼はこの頃福井藩の考え方と同様、佐幕攘夷論者であった。十二月二十一日藤田東湖に会った。年末になって母の病気の知らせが来た。止むを得ず東篁は一八五四（嘉永七）年正月、江戸を離れ福井へ向かった。同年九月十八日、今度はロシアの軍艦が大坂に入港した。東篁は大坂へ行き画策した。しかし、十月三日、ロシア軍艦は大坂を去ったので、東篁は福井へもどった。この頃をもって彼の政治的生命は終ったと考えられる。それは藩の大勢は開国に傾き、依然として攘夷的立場にあった東篁のような者は、時代の流れに取り残されたからである。この四十代半ばを境として、東篁は中国は晋・宋の陶淵明への傾斜を強めている。

一八五五（安政二）年三月十五日、藩校明道館が創設され、四十八歳の東篁は助教に任じられた。一八五七（安政四）年五十歳の二月故あって東篁は助教を免ぜられた。その後、慶応三年正月に東篁は明道館教授兼侍講に任じられた。

一八六七（慶応三）年、徳川慶喜が大政を返還した。しかし、朝廷側は翌年東征の軍を起こした。東篁はこれを聞いて藩に上書した。また藩内の佐幕派が東篁を首領としたので一八六八（慶応四・明治元）年、藩政府は東篁の職を解き屛居を命じた。六十一歳であった。彼は以後も採用されることを期待していたふしがあるが、その機会はなかった。

一八七一（明治四）年六十四歳、十二月、桜の馬場から鳩の門へ転居した。

一八七五（明治八）年六十八歳五月二日、病没した。芦中山（城東墓地）に葬られた。門弟に鈴木主悦、橋本左内、村田氏寿、由利公正、提正誼、橋本綱常、杉田定一等がいた。

一八七七（明治十）年、山口透が『東篁遺稿』を編集した（『吉田東篁先生』旭社会教育会・旭公民館・旭小学校ＰＴＡ・旭青少年育成会編集、昭和四十九年三月十九日発行による）。

一九〇九（明治四十二）年九月十一日　従四位を贈らる。（『幕末維新福井名流戸籍調』石橋重吉編、昭和十七年発行、七九頁）

「吉田東篁　従四位を贈らる」の石碑について

今年、秋の一日、「楽天の会」会員と共に、吉田先生の墓所「東部霊園」を訪ねた。墓参りに人が来た形跡がないのに驚いた。墓地に雑草が生えていて、入り口にある福井市が立てた昭和二十五年という文字を記した石碑が大きく目立った。笏谷石の吉田家の墓碑は文字が欠けていてどなたの墓なのか分からないものが多くなっている、福井市の石碑の後の右側に表題の石碑が建っていた。高さ一〇四㎝、幅二十四㎝、奥行き十六㎝である。漢文は句読点がない白文である。写して帰り、句読点を付け、註釈をしてみた。

「原文」

明治己酉九月、鶴駕巡北陸、錄往功、追賜位記。祖父東篁先生亦與焉。以月之十一日、贈從四位。元接策命、感激弗能措、以二十四祭、以告祖父之靈、且勒于石、領共榮於後昆云。

明治四十二年九月下浣　孫吉田元識

「書き下し文」

明治己酉九月、鶴駕北陸を巡り、往功を録し、位記を追賜さる。祖父東篁先生も亦た与る。月の十一日を以て、従四位を贈らる。元策命に接し、感激措く能はず。二十四を以て祭り、以て祖父の霊に告げ、且つ石に勒し、共栄を後昆に領せんとす、云ふ。

明治四十二年九月下浣　孫吉田元識す

「通釈」

明治己酉（四十二年）九月、皇太子（お召しの乗り物）が北陸地域を巡られ、往年の功績を記録し（たものによって）、官位を遡って下賜された。祖父の東篁先生もまた（その栄誉に）与った。同月の十一日に、従四位を贈られた。（孫の私）元はその辞令書に接し、感激してそれをそのままにしておくことが出来ず、二十四日に墓前祭をし、祖父の霊に報告した。そして、石に彫刻し、子孫が助け合って共にいきながらえ、共に栄えるようにと、おさめたのである。

明治四十二年九月下旬、孫の吉田元が記した。

「語釈」
○明治己酉＝一九〇九年・明治四十二年。○鶴駕＝皇太子の乗りもの、である。明治天皇の皇太子は後の大正天皇である。北陸地域を巡視されたということである。○往功＝往年の功績。追賜＝遡って過去の業績を見て下賜された（東篁は明治八年・一八七五年に亡くなっている）。○策命＝天子が辞令書を出して臣下に爵位などを与える。また、その辞令書。○措＝そのままにしておく。○勒＝彫刻する。○領＝おさめる。○共栄＝共存共栄の意味。助け合ってともにいきながらえ、共に栄える。○後昆＝のちの子孫。後世。○下浣＝下旬。以上。

また、吉田東篁の師の学問について若干の説明を補っておきたい。

吉田東篁の最初の師となったのは前田梅洞である。その五世の祖、前田葉庵は福井藩の儒医であったが山崎闇斎にも学び、学統は代々崎門学にも通じていた。前田里庵→葉庵→鶴皐→赤淵→雲洞→梅洞と続いていた。

梅洞（修、一七八五―一八五六、七十二歳）は幼時より穎悟、詩文に秀で李太白を慕って自らも謫仙と称した。父雲洞の代を受けて、高野春華、清田松堂らと共に正義堂に講じた。朱子学を奉じていたが、書を能くし、特に博学著名な儒者として尊ばれていた。『漪園詩抄』、『西遊草』等の著者がある。

また、二十六歳からの師であったのは清田松堂（丹蔵）である。清田松堂（丹蔵）は、儋叟に始まる福井藩儒・清田家の三代目で、諱は裕、字は公綽。文化八年（一八一一）十二月に養父清田龍川（謙蔵）の跡目を相続し、俸禄は二十人扶持。文政二年（一八一九）に正義堂が開かれた際には毎月六回、高野春華とともに経書の月並講釈にあたった。また、天保九年（一八三八）に幼君慶永の侍読を命じられ、孟子などを講じている。

ここで清田家について記す。清田家（松平文庫「姓名録」、『福井藩士履歴』等を参照）

○初代

諱は絢、号は儋叟、通称は文興→文平。寛延二年（一七四九）己巳二月二一日に召し出される。切米二五石五人扶持→二〇人扶持。天明五年（一七八五）没。

○二代

諱は勲、号は龍川、通称は大太郎→謙蔵（寛政一〇年（一七九八）戊午）。安永五年（一七七六）丙申六月に部屋住のまま御雇いを仰せつけられ、天明五年（一七八五）乙巳五月二三日に叔父の家督を相続。文化八年（一八一一）没。

○三代

諱は裕、号は松堂。字は公綽。通称は梶之助→丹蔵（文化一三年（一八一六）丙子十二月）。文化八年（一八一一）辛未一二月二七日に養父の家督。

○四代

諱は謙、通称は順三郎。嘉永三年（一八五〇）庚戌四月一二日に家督。

文興・文平	大太郎・謙蔵	梶之助・丹蔵
1 儋叟（絢）——	2 龍川（勲）（養子）——	3 松堂（裕）

越前には、前に簡単に述べたように、古くから、伊藤坦庵→平庵→宜斎→錦里→君嶺と続く朱子学派があり、代々越前藩儒として仕えて来た。

伊藤坦庵（宗恕、一六二三―一七〇八、八十六歳）は藤原惺窩門の那波活所及び江村専斎に学んで程朱学を唱え、福井藩主第四代の松平光通に聘せられて儒官となり、詩文に長じた。著者に『伊藤坦庵文稿』『桜川研銘聚遠亭記』『坦庵遺稿』『坦庵詩集』『坦庵文集』『老人雑詩』『不綴斎歌集』『藤坦庵集』、編著に『老人雑話』（江村専斎の話録）がある。

伊藤宜斎には三子あり、「伊藤氏の三珠樹」と称せられて、何れも名声が高かったが、特に三男（錦里の実弟）清田儋叟（絢、一七一九―一七八五、六十七歳）は荻生徂徠の学を講究して古文辞学を修め、更に程朱の学に転じ、福井藩儒として重んじられた。著者に『孔雀楼詩集』『孔雀楼文集』『芸苑談』『芸苑譜』『千秋斎稿』他がある。

吉田東篁は、山崎闇斎を始祖とする崎門学を学んで実践躬行の実学を重んじたが、その遠由はすでに前田梅洞に学んだことにある。更に清田松堂に出会って崎門学を知り、その遺化を受けるようになったことで決定的になったものと思われる。

吉田東篁が一八五三（嘉永六）年に江戸へ赴き、藤田東湖に会見したことや、梅田雲浜、梁川星巖、春日潜庵等と親交を結んで国策を論じたことも、その思想の実践であった。

なお、松平春嶽公は、藩内の多くの儒者を挙げて、その功績を称えながらも、これらを統て「頗る偏固也」と断言し、最後に重ねて「学問の権輿は、矢はり吉田悌蔵、号は東篁なり」と極言賞賛して、彼を登用し、福井における学問の創始者であると賞賛している。

（「吉田東篁先生伝」（『東篁遺稿』収録）、『越前人物志』福田源三郎編、杉原丈夫氏の諸説等を参考とした。）

二 『東篁遺稿』概説

㋑ 現存披見『東篁遺稿』

福井県内において披見し得る『東篁遺稿』には、刊本と写本の二種がある。これについては、筆者に関連する論文がある。「福井県関係現存披見漢詩集初探（第一稿）」（『福井工業高等専門学校研究紀要』人文・社会科学 第十九号 四二一頁～四七八頁）である。いま二種類の『東篁遺稿』について記す。

最初の三桁の数字は、右の論文における漢詩集の整理番号である。以下①～⑯の順に記す。

①書名 ②巻数 ③冊数 ④著者名 ⑤編者名 ⑥出版地 ⑦出版者 ⑧出版年 ⑨丁・頁数 ⑩写真数 ⑪体裁 ⑫大きさ ⑬帙の有無 ⑭所蔵者 ⑮備考 ⑯編著者について

一〇一 ①東篁遺稿 完 ②一巻 ③一冊 ④吉田東篁 ⑤山口透 ⑥台北市 ⑦山口透 ⑧大正十二年十二月二十五日刊 ⑨三七丁 ⑪和装袋綴 ⑫二三・二cm×一五cm ⑭市立図 筆者 ⑮(注)付吉田東篁先生伝 詩七丁―二九丁 ⑯幼名は金一 のち篤 字は士行 通称は悌蔵 号は東篁 蒙斎 江湖散人 晩年は山守東篁と自称す 福井藩儒 文化五年（一八〇八）八月一日生 明治八年（一八七五）五月二日没 六十八歳

一〇二 ①東篁遺稿 ②一巻 ③一冊 ④吉田東篁 ⑤山口透 ⑥台北市 ⑦山口透 ⑧大正十二年十二月二十五日刊 ⑨三七丁 ⑪和装袋綴 ⑫二三・四cm×一七・三cm ⑭福大図 ⑮前項刊本の写本筆者 ⑯は〔一〇一〕

㋺『東篁遺稿』の構成

それは次の如くなっている。

表紙　題簽に「東篁遺稿　完」とある。

（序）・和歌（一首）　慶永

・漢詩（題吉田東篁先生遺稿、七律）門人　杉田定一

・遺愛帖の序　松平慶永

・吉田東篁先生傳　門人　山口透譔

・東篁山守君碑　林長孺譔

・遺愛帖跋　門人　村田氏壽譔

（本文）・東篁遺稿　詩（一四七首）

天保十四年（一八四三）三十六歳
～明治六年（一八七三）六十六歳

・東篁遺稿　歌（五十一首）

附記　　山口透

門人の前後出でたる歌（編者の知れる限りのもの、十一首）、

奥付　大正十二年十二月二十三日印刷

大正十二年十二月二十五日発行

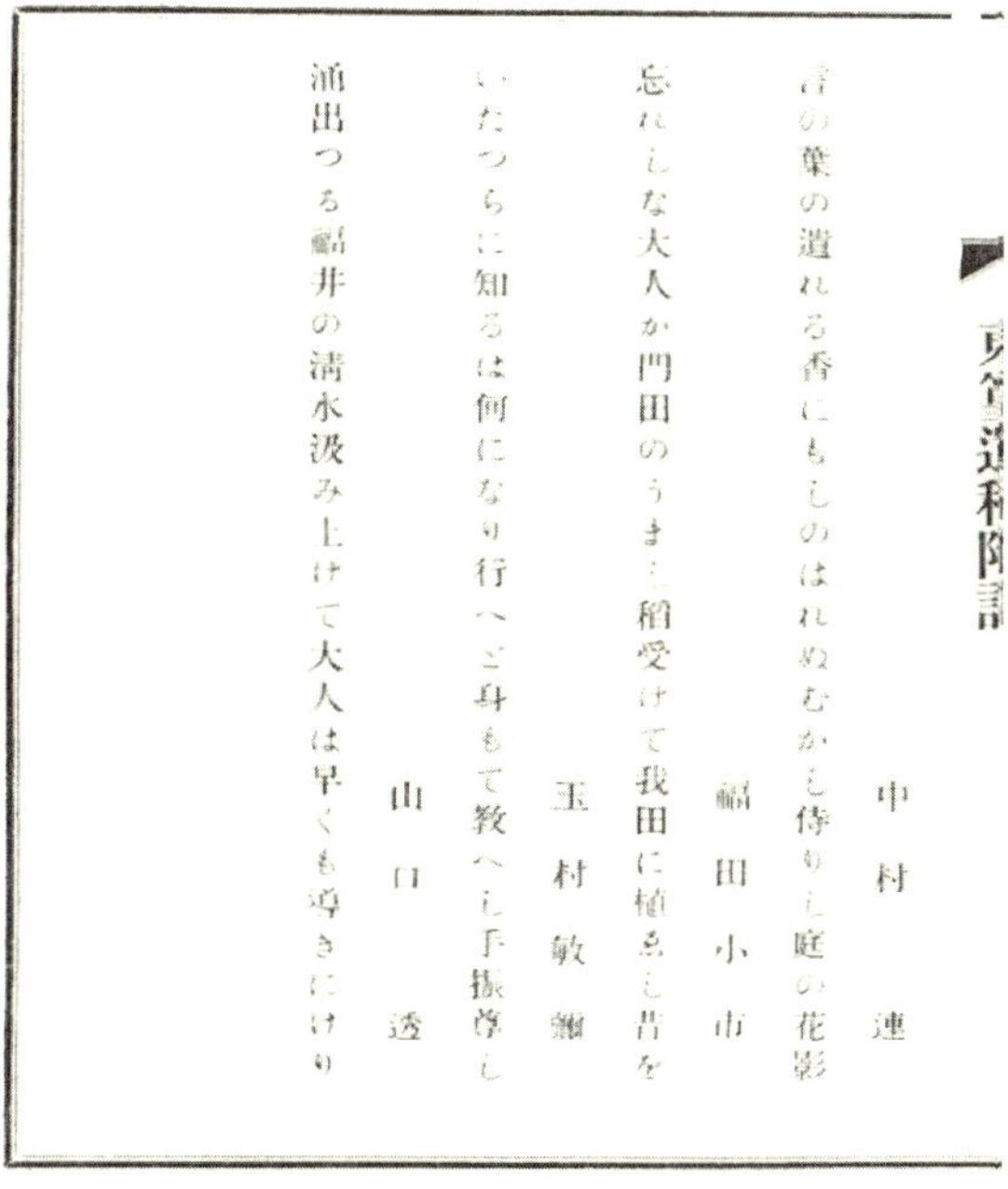
東篁遺稿附記

中村連

言の葉の遺れる香にもしのはれぬむかし侍りし庭の花影

福田小市

忘れしな大人か門田のうまし稲受けて我田に植ゑし昔を

玉村敏彌

いたつらに知るは何になり行へと身もて教へし手振尊し

山口透

涌出つる福井の清水汲み上けて大人は早くも導きにけり

非売品

○編輯兼発行者　台北市大宮町八九番地
山口　透

○印刷者　台北市元園町二百四十四番地
頴川　首

○印刷所　台北市栄町四丁目三十二番地
株式会社　台湾日日新報社

裏表紙

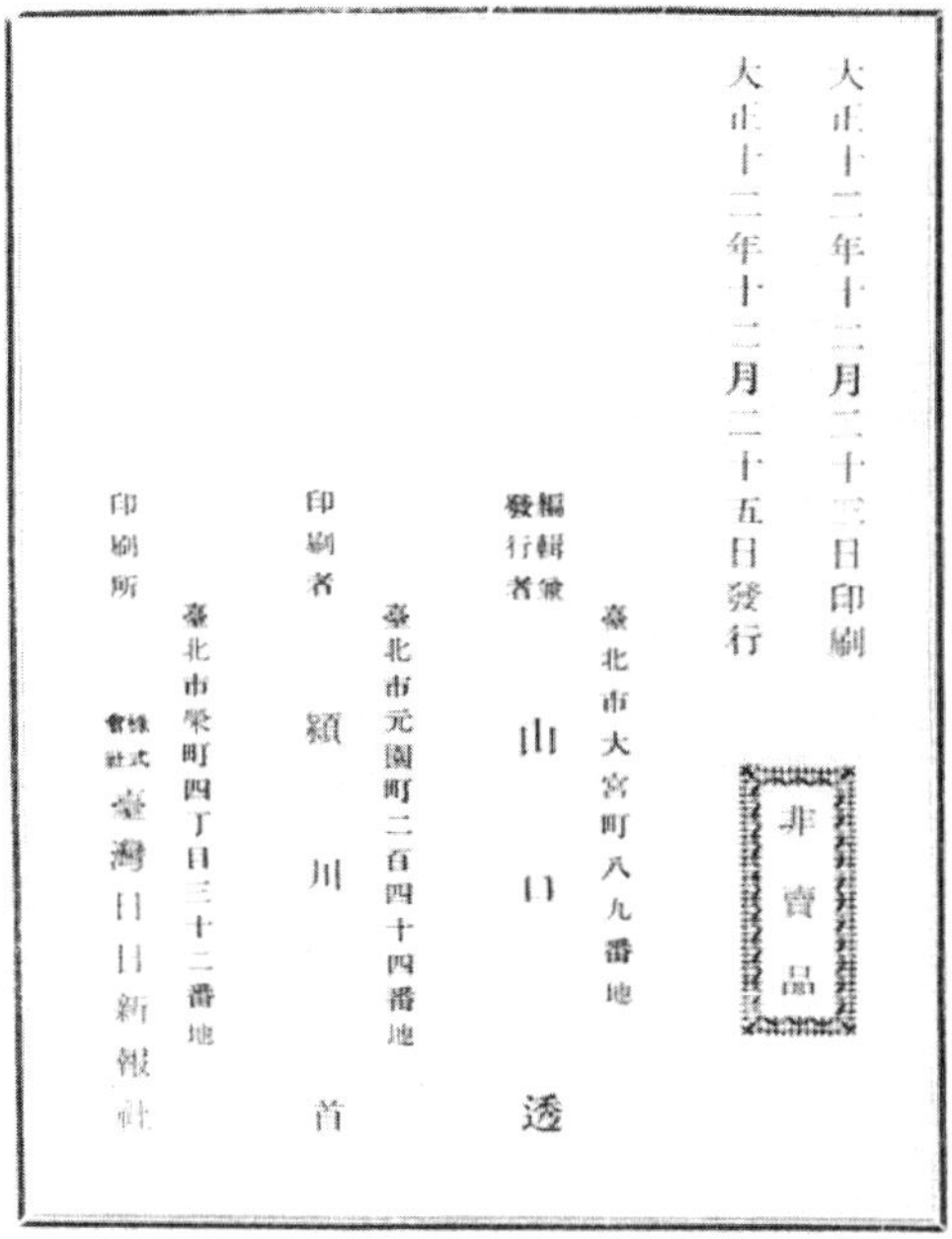

大正十二年十二月二十三日印刷
大正十二年十二月二十五日發行

非賣品

編輯兼發行者　臺北市大宮町八九番地
山口透

印刷者　臺北市元園町二百四十四番地
頴川首

印刷所　臺北市榮町四丁目三十二番地
株式會社臺灣日日新報社

八 『東篁遺稿』所収詩製作年代別・詩体別一覧表

〔注〕数字は筆者が与えた作品番号である。

詩体 ＼ 年齢		36	39	40	41	42	43	44	45	46	47
五言詩	4句						39 48				
	8句		8 7								
	12句										
	16句				30 21				59		
	24句		6								
	合計		3		2		2		1		
七言詩	4句		3 4 5 9 10 11 16	17 18	31 22 32 23 33 24 25 26 28 29	34 35 36	54 45 37 46 38 47 40 49 41 51 42 52 43 53 44	55 58	56 60 61 62 63	64	65
	8句	1	15 13 2 14 12	19 20	27		50		57		
	28句										
	合計	1	12	4	11	3	16	2	6	1	1
総合計		1	15	4	13	3	18	2	7	1	1

詩体 ＼ 年齢		55～50	56	57	61	62	63	64	65	66	合計
五言詩	4句		84 81 79 82 80		100 108						9
	8句										2
	12句	74									1
	16句	69									4
	24句									146	2
	合計	2	5		2					1	18
七言詩	4句	75 66 67 68 70 71 72 73	76 77 78 83 85	94 87 95 88 96 89 97 90 98 91 99 92 93	109 101 110 102 111 103 112 104 113 105 115 106 116 107	117 118 119 120 122 123 124	125 126 127 128 129 130 131	132 133	142 134 143 135 144 136 138 139 140 141	147	113
	8句			86	114	121			137		15
	28句								145		1
	合計	8	5	14	15	8	7	2	12	1	129
総合計		10	10	14	17	8	7	2	12	2	147

この表の作品の製作年代は年代順に配列されている作品の題名や前書によっている。しかし、年代が飛んでいる箇所五十歳~五十五歳については作品からだけでは断定出来ない。従ってこの箇所の詳細については現在の所未詳である。ただし、今後作者の研究の結果によって明らかになる可能性がある。

表を見て気づくことを記す。

四十代に入ってからの作品が殆どである。五言絶句九首、七言絶句百十三首で、絶句が圧倒的に多い。また、七言絶句は三十九歳から六十六歳まで、特定の年代に集中することなく作られている。

また、作品数が最も多いのは、四十三歳の時で、次に多いのが六十一歳、そして、三十九歳と五十七歳である。

陶淵明にふれる作品は四十三歳から六十三歳の間で作られている。このことは作品数と共にその境遇、心境と関係があると思われる。

以上の㋑㋺㋩で述べたことは『東篁遺稿』についての概略である。また、三以下に記すのは一部作品について詳細に考察したものである。

そこで、今後本書所収の詩作品全体について研究しようとする時に、その手がかりとなると思われる事項を記しておこうと思う。この部分は一九八八年の研究発表当時の資料を今回訂正補足をしたものである。

㈡『東篁遺稿』所収詩の内容について

㈠　詩題に見える人名（初出順）

＊ここ挙げる作品は作者・東篁の「各氏に対する心情」を示している。算用数字は作品番号である。

1【清田丹藏（松堂）】（奉和）1。（奉寄）28。

2【（大谷）晴江】（訪友）2。（宴席）49 71。

3【諸賢】3 59 85 95。【諸彦】53 100 142 143 144。

4【廣部立教】（和詩）4 5。

5【淺井（政昭）】（哭）9 10。

6【加賀案山九郎右衛門成昴】（贈詩）11 12 13 14 15。（哭詩）16 19 20。

7【（前田）菊敬】（答）22 23。（寄）50。

8【野村士乘】（送別）24 30。（答）107。

9【本多義光】（十一回忌）25 52。【復齋本多】（寄）26。【本多格堂】（追慕）52。

【本多釣月】（奉答）132 133。

10【上月（　）】（謝詩）27。

11【波多野士恢】（悼詩）32 33。

12【横井小楠】（寄詩）38。（送別）40 41。

13【長岡監物】（寄詩）39。

14【菊池爲三郎】（書志）43。

15【（　）長敬】（酬答）44 45。

16【（　）菊洞】（酬答）46 47。

17【（前田）梅洞】（奉和）49（1）。

18【菊溪前田】（寄詩）50（1）。

19【執政本多】（送別）51。（令女のための宴）55。（賀新婚）74。（宴集）85 88 89 90 99。

20【三崎（　）】（宴席）53。

21【狛（澄保）君】（哭詩）56。（注）天保十四年（一八四三）執政となる。東篁三十六歳。

22【渡部（健藏）】（送別）60（1）

23【某生】（送別）70（1）。

24【荻野（　）】（宴席）71（1）。

25【執政稲葉】（宴席）71（1）。（注）文久三年（一八六三）八月執政となる。東篁五十六歳。

26【大廣和尚】（送別）72 73（2）。

27【某氏】（詩）91 92 93（酬答）96 97 98（3）。

28【（蒔田）雲處】（詩集）94（示諸賢）95（2）。

29【酒井執政】（宴席贈詩）100。（送別）113（2）。

30【加賀美如淵】（和詩）106 109（2）。

31【杉田鶉山】(答詩)110。(朝湯)114 115 (2)。
32【八田祐次郎】(答詩)111。(示詩)112 (2)。
33【僧】(慰詩)116。
34【仲村某(　)】(感謝)121 122。
35【伴溫鄉】(酬和)126 127。
36【半井伯和】(哭詩)135 136。
37【丹羽精五郎】(酬答)138 139 140。
38【松原某】(寄詩)141。
39【菰堂處士】(題畫)145。
40【(松平)春嶽】(奉迎)147。

＊ここに挙げた人名中(　)内の表記は推定を含むが確認できたもの、未記入の箇所は未確認である。この中、3【諸賢】・【緒彦】、23【某生】、27【某氏】、33【僧】などは、今後も人物を確定することは困難である。しかし、これらを除く三十数名については、今後東篁との関係を研究する際の参考資料になると思われる。

また、『眞齋遺稿』の巻末にある短歌作品、そこに見える人物名、教えを受けた人物(弟子)名等にも同様のことが考えられる。

なお、福井藩士の研究は進んで来て、『福井藩士履歴』福井県文書館編集発行、等が出ているので、それらによって未確認のものも確認できる可能性が出て来ている。

㈡　詩題及び内容による「詩の主題」（初出順）

◎主題名と作品番号を挙げる。（　）内は合計数。

＊1奉和1（1）。＊2訪友＝2（1）。＊3似（示）諸賢＝3 95（2）。
＊4和詩＝4 5 49 91 92 93 99 106 109（9）。＊5湯治＝6（1）。＊6中秋＝7 8（2）。
＊7哭詩＝9 10 16 19 20 56 135 136（8）。＊8贈詩＝11 12 13 14 15 100（6）。
＊9新年＝17（1）。＊10擬古＝18（1）。＊11病中感慨＝21（1）。
＊12酬答＝22 23 44 45 46 47 110 138 139 140（10）。＊13送別＝24 30 40 41 51 60 70 72 73（9）。
＊14十一回忌＝25（1）。＊15仲秋＝26 57 130 131（4）。＊16謝詩＝27 53（2）。
＊17寄詩＝28（奉寄）38 39 50 116 141（6）。＊18宴席＝29 31 53 71 85（5）。
＊19悼詩＝32 33（2）。＊20元旦＝34 35 37（3）。＊21歳暮＝36（1）。＊22參詣＝42（1）。
＊23書志＝43（1）。＊24題圖＝48 145（2）。＊25追慕＝52（1）。
＊26書懷＝54 59 67 86（早春書懷）101 102 103 104（伏枕）105（讀乾卦）（9）。
＊27令女のための宴＝55（1）。＊28九月十日＝58（1）。＊29所思＝61 62 63 64 65（5）。
＊30勵諸子＝64（1）。＊31客遊帰路＝65（1）。＊32世譜局中偶作＝66（1）。
＊33寄松亭＝68（1）。＊34偶題＝69（1）。＊35賀新婚＝74（1）。＊36垂釣＝75（1）。
＊37遇雨＝76 77 78（3）。38落葉＝79（1）。＊39月見＝80 81 82（3）。
＊40九月九日＝83（1）。＊41山寺＝84（1）。＊42呈諸賢＝85 95（2）。

＊43観桃花＝87（1）。　＊44宴集＝88 89 90 100（4）。　＊45雲處詩集＝94（1）。
＊46答詩＝96 97 98 107 110 111 112 132 133（9）。　＊47暁起見残燈有感＝108（1）。
＊48征行之餞詩＝113（1）。　＊49朝湯＝114 115（2）。　＊50慰詩＝116（1）。
＊51早春＝117 118 119 125 126 127 134（7）。　＊52九月＝120 121 122（3）。　＊53東山探蕈＝123 124（2）。
＊54讀陶淵明＝128 129（2）。　＊55大雪＝137（1）。　＊56思亡友＝142 143 144（3）。
＊57新田公祠＝146（1）。　＊58春嶽＝147（1）。

○以上、細かく見れば五十八の主題がある。

◎「季節」を中心に、類似の詩題を集計してみると左記のようになる。
＊正月＝新年（1）＊元旦（3）。（合計4）
＊春　＝早春（9）。観桃花（1）。（合計10）
＊秋　＝中秋（2）。仲秋（4）。遇雨（3）。九月（3）。九月九日（1）。九月十日（1）。
　　落葉（1）。月見（3）。（合計18）
＊冬　＝大雪（1）。
☆春と秋が多い。特に中秋、仲秋、月見の三つは「中秋の月」が意識されている。九月は「池田郷」が、九月九日と十日は「菊」が意識されている。

◎「心境」を中心に、類似の詩題の作品を集計してみると、左記のようになる。

A（人に贈った詩）贈詩（6）、寄詩（6）、送別詩（9）、慰詩（1）（合計22）。

B（人に答えた詩）奉和詩（1）、和詩（9）、酬答（10）、答詩（9）（合計29）。

C（会合での詩）宴席（5）、宴集（4）、（合計数9）。

D（人の死を悼む詩）哭詩（8）、悼詩（2）、追慕（1）、思亡友（2）、十一回忌（1）（合計数14）。

E（自己の思いの詩）書懐（9）、所思（5）、書志（1）（合計15）。

F（賢人を崇める詩）東山探蕈（2）

G（寛ぎの詩）湯治（1）朝湯（2）（合計数3）。

☆A～Dを見ると、対人関係の詩が圧倒的に多いことが注目される。これらの中に東篁の思想が現れている作品が含まれている。Eの作品と共にそれらの作品を見ると、東篁の時勢に対する関心のありさまが理解出来ると思う。なお、Eの「所思」に分類した64 65は「＊30勵諸子＝64（1）」と「＊31客遊歸路＝65（1）」にも挙げてあるので重複しているが、特に注目すべきである。

前者には、時勢に疎い人々への東篁の警告があるが、同時に黒船来航の警報に強い衝撃を受けた東篁の様子がよく出ている。後者には、藩に三か年の暇を請い、四方の士を訪ね時事を商議したが、江戸にいた時、母が病気になり帰国を促された。東篁は引き続き国事に奔走するか、母への孝養を選ぶかに懊悩し、決断して帰国する。東篁の苦衷が描かれている。

三　陶淵明の生涯及び吉田東篁が関心を持った陶淵明の作品とその影響

㋑ 陶淵明の生涯

東晋より宋へかけての陶淵明の生涯は大まかに見て三期に分けられる。

㈠　二十九歳頃まで（A・D三六五～三九）

淵明の生前五十年、晋の王室は洛陽（西晋）から建康（南京＝東晋）へ移った。

幼時に父を亡くし、十二歳で義母を失った。

しばしば北伐が行われた。前秦の侵入と撃退とがあった。小康を得たが、税金と徴用が絶えずあり、農民は飢饉にも苦しんだ。

㈡　二十九歳頃～四十一歳まで（三九三～四〇五）

飢に苦しみ家族を養うため、この十三年間に少くとも五度、家を出て官吏としての生活を送る。しかし、堪えられずに停めた。淵明三十五歳のころ農民一揆があった。淵明三十八歳のとき軍閥桓玄のクーデターが成功。翌年桓玄帝位を奪う。その翌年四十歳のとき、劉裕が反革命を行い東晋を牛耳る。（のちに宋を立てる）四十一歳の秋、彭沢県の県令となる。義妹の死を口実にやめて田園に帰る。「帰去来兮辞」を作る。

㈢　四十二歳～六十三歳（四〇五～四二七）

四十四歳のころ、火災に会った。五十四歳ごろ著作佐郎に召されたが辞退。五十六歳のとき東晋の王室滅亡、六十三歳で歿。この時期抗議の詩が多い。

㋺ 吉田東篁が関心を持った陶淵明の作品とその影響

陶淵明の作品で今日我々が見うる作品は多くは第二期以降のものである。

また吉田東篁が関心を持った陶淵明の作品は十篇に満たない。わずか七篇。それらは次に掲げる通りいかにも陶淵明らしい作品である。

陶淵明の作品の製作年代については諸説があり確定しがたいものもあるが、通説に従って配列する。

次の一覧表の陶淵明の作品の下の（ ）内はその製作年代である。算用数字の番号は東篁作品の番号である。その番号の下の（ ）内はその製作年代である。

㈠ 五柳先生傳 （陶淵明三十歳代）
吉田東篁作品 117 118 119 （六十二歳以後） 125 （六十三歳）

㈡ 歸去來兮辭 （陶淵明四十二歳）
吉田東篁作品 58 （四十四歳頃） 72 （四十六～五十六歳） 83 （五十六歳）

㈢ 歸園田居 （陶淵明四十二歳）
吉田東篁作品 90 （五十七歳）

㈣ 與子儼等疏 （陶淵明五十一歳）
吉田東篁作品 126 （六十三歳）

㈤ 飲酒 （陶淵明五十四歳ごろ）
吉田東篁作品 42 （四十三歳） 58 （四十四歳） 72 （四十六～五十六歳） 83 （五十六歳） 127 （六十三歳）

(六)『漉酒巾』

歸園田居（陶淵明四十二歳）飲酒（陶淵明五十四歳ごろ）

吉田東篁作品　125　126　127　128（六十三歳）

(七)九日閒居（陶淵明五十五歳）

吉田東篁作品　83（五十六歳）

(八)桃花源記（陶淵明五十七歳）

吉田東篁作品　56（四十三歳）66（四十六歳）88　89（五十七歳）128　129（六十三歳）

以下に、陶淵明の作品、次に陶淵明の作品をふまえると見られる東篁の作品をあげ、訓読と製作年、及び陶、吉田両作品の影響関係について述べることとする。

一 「五柳先生傳」をふまえる作品と注釈

(一) 五柳先生傳

五柳先生傳を踏まえる四作品は、吉田東篁が屛居を命じられた明治二(一八六九)年、六十二歳以後の作品である。117 118 119は題名に記すとおり、己巳の年即ち明治二(一八六九)年、吉田東篁六十二歳の早春の風景を詠んだ連作である。

ただし、三首の趣はそれぞれ違っている。117の第一句は、五柳先生傳の「宅辺有五柳」を踏まえている。

117 己巳早春卽事 己巳早春即事(其の一)

【題意】己巳(明治二年)、春の初め頃の目の前の景色を詠んだ。

五柳門前五柳春 五柳の門前 五柳の春、
春風不負老歸人 春風は負《そむ》かず老いて帰りし人に。
宿烟散處君看取 宿烟散ずる処 君看取せよ。
萬縷千條逐望新 万縷千条 新を逐望す。

【押韻】春・人・新（平聲眞韻）

【通釈】

五本の柳の木が生えている家の門の前の、それぞれの柳の木に春がやって来て、春風は、年老いて帰ってきた人にも背くことなく（分け隔て無く）吹いている。留まっている霞が（春風に吹かれて）飛び散っていくところを、君よく見なさい、柳の木の多くの糸のような枝の先に、新鮮な緑の芽が続いて見られるでしょう。

【語釈】○不負―期待を裏切らず。忘れずに。○宿烟―以前からある、前夜からある春靄のようなもの。又は白い柳の花か？○万縷千条―細長い無数の柳の枝葉。○逐望―引き続きながめる。一つ一つ順を追って眺める。

【考察】○屏居の身となり帰って来た失意の老人にも春風は吹いて来てくれている。靄のような、綿のような花が吹き飛ばされて無くなったところに新芽が出ていることをよく見てご覧、と言うところに、春を迎える心境が表現されている。◎これは四句共に早春の風景をうたっていると言える。ただし、吉田東篁宅の門前に、本当に柳の木があったかどうかは分からない。

118　己巳早春卽事　己巳早春即事（其の二）

【題意】117に同じ。

回首當年意氣雄　回首す当年意気雄にして、

尊攘談上毎生風　尊攘談上に毎に風を生ずるを。

不知今日爲何事　知らず今日何事を為すかを、
瀟洒江湖一釣翁　瀟洒　江湖の一釣翁。

【押韻】雄・風・翁（平聲東韻）

【通釈】

思い起こせば当時は意気盛んで、
尊王攘夷の会合ではいつも一石を投じ話題を提供した。
ところが、今は何をすればいいのかさえ分からない状態で、しかし、
さっぱりした気持で、川や湖に釣り糸を垂れる老人になっている。

【語釈】○回首―振り返ってあとを見る。○当年―往年。その昔。○生風―新風を起こす。問題を起こす。○瀟洒―さっぱりして清らか。すっきりして垢抜けした様。

【考察】◎これは起承の二句でつい先頃のことを回顧し、転結の二句で現在のことをうたっている。つい先頃までは尊王攘夷の話になると夢中になり、談論風発であったが、今はおとなしくなっていて、政事については、陶淵明の如く生きているというのである。○少し自分を自虐的にうたっているようである。また、第四句を見ると柳宗元の「江雪」を思い出す。

119　己巳早春卽事　己巳早春即事（其の三）

【題意】117に同じ。

勿言王政一新初　言ふなかれ王政一新の初、
何事先生臥舊廬　何事ぞ先生旧廬に臥すと。
誰識唐虞至治化　誰か識らん唐虞至治の化、
恩波流不隔樵漁　恩波流れて樵漁を隔てず。

【押韻】初・廬・漁（平聲魚韻）

【通釈】

言いなさるな　天皇陛下親政の政治の初めの年に、
どうしたことか先生は昔の家に引っ込んでいる、と。
だが、誰も識りはすまい、中国の伝説の尭や舜のような理想的な政治が行われて、
天皇陛下の暖かい政治の恩恵の波が漁師や猟師にも及んで来ているのを。

【語釈】○王政一新―明治維新。○何事―どうしたことか。○旧廬―昔の儘のお宅。○唐虞―中国伝説時代の、尭は陶唐氏、舜は有虞氏。唐は尭、虞は舜を指す。至治―明治維新後の新政府の理想的な政治。○恩波―思いやりのある新政府の政治のお恵みが。○樵漁―山仕事をする樵や川や海で猟をする漁師のような地位の低い庶民にまで。

【考察】◎陶淵明は役人になることを願わず自分から故郷の家に帰って来た。以後役人として再びは出仕しなかった。しかし、吉田東篁は国内外の情勢が変化し、藩命により身を引かざるを得なくなり政治活動を辞めた。以後彼は「お前出て来て役人になれ」ということを君主が言って用いてくれることを希望していたかのようである。しかし、その機会はなかった。この詩の五柳先生は現在の政治をよいと考えているようである。

125 庚午早春卽事　庚午早春卽事

【題意】庚午（明治三年・一八七〇年）作者六十三歳、春の初め目の前の景色を詠んだ。

五柳先生漉酒巾　五柳先生の漉酒巾、
春醅未試爲誰新　春醅いまだ試みず誰が為に新たにするや。
折腰斗米非吾事　腰を折る斗米吾が事に非ず、
携榼來親有幾人　榼を携へ来たり親しむ幾人か有り。

【押韻】巾・新・人（平聲眞韻）

【通釈】
五柳先生は漉酒巾を被っていらっしゃる、という話だが
春の新酒はまだ出来ず試飲もしていないのに誰のために頭巾を新調したのか。
斗米のために腰を曲げ上役に頭を下げるなどは私とは係わりのないことだ、
酒徳利をぶら下げてやって来てくれる人は何人かは居るのだ。

【語釈】○漉酒巾―酒をこす頭巾。（晋書・陶潜伝）「毎酒熟、取頭上葛巾、漉酒畢、復著之」（酒熟する毎に、頭上の葛巾を取り、酒を漉し畢れば、復び之を著く）。○醅―酒が発酵すること。春先に醸造された新酒。もろみざけ、にごりざけ。○折腰
○「為誰新」の「新」は何をか。筆者は頭巾（漉酒巾）と見る。「新酒」と見る意見もあるかも知れないが。○折腰斗米―わずかな俸禄。給料のために心ならずも腰を折り頭を下げる。陶淵明とは違う。○榼―たる。酒樽。

【考察】◎ここの五柳先生という句は吉田東篁が酒を愛し、小事に頓着しない生活をしていることを述べている。た

だし、この作品の第一句は陶淵明の作品「五柳先生傳」からの直接の引用ではなく、李白の次にあげる詩の句からの引用という可能性もある。

「戯贈鄭溧陽」（「李太白全集」九）陶令日日醉、不知五柳春、素琴本無絃、漉酒用葛巾、清風北窗下、自謂羲皇人、何時到溧里、一見平生親。

「戯れに鄭溧陽に贈る」陶令、日日に酔ひ、五柳の春を識らず。素琴、本と絃なく、酒を漉すに、葛巾を用ふ。清風北窻の下、自ら羲皇の人と謂ふ。何れの時か、栗里に到り、一見平生の親たらむ。（前川注）この作品は天寶十三載（公元七五四年）李白五十四歳作。（安旗主編、「李白全集編年注釈」（中）、巴蜀書社、一九九〇年版、一二二四頁）鄭溧陽は溧陽の鄭晏という人。陶淵明の故事を用いたから戯贈といったのであろう。羲皇は伏羲、伝説上の帝王。民に漁猟・牧畜を教え、八卦をえがき、文字を作ったという。庖犧、伏犧。『続国訳漢文大成』中巻一五八頁。

【余説】

五柳先生傳を踏まえる作品は「五柳先生」という句を引用することに重点がある。五柳先生傳の内容から深く影響を受けているものではないという印象がある。

この詩の第三句を見ると陶淵明を意識しているが、彼とは情況も違い、生き方も違うことがよく分かる。

二 「歸去來兮辭」をふまえる作品と注釈

(一) 歸去來兮辭 并序

「歸去來兮辭 并序」を踏まえる作品は三つあるが、制作時期が違っている。

58 九月十日作　　九月十日の作

【題意】(嘉永四年) 九月十日に作った作品である。

老去歸來無意賦　老い(去《ゆ》き)て帰来し 賦を意《おも》ふなく、
烏巾獨坐東籬暮　烏巾して独り坐す東籬の暮。
休疑五斗餘酒銭　疑ふを休めよ五斗 酒銭を余すと、
醉對寒花摘小句　酔ひて寒花に対して 小句を摘むのみ。

【押韻】賦・暮・句(去聲遇韻)

【通釈】

年を取って帰ってきたが 陶淵明の賦を意識することもなく(陶淵明のように作らず)、頭巾を被り夕暮れに庭の東の垣根の側に独り座っている。(でも)

(私を) 疑うことは止めて下さい 給料から 酒を飲む金を残しているとは、
(私は) 酔って花も散り寂しくなった (菊の花) と向き合い短い詩を作っているだけですから。

【語釈】○帰来―陶淵明が郷里に戻ったことと東篁が郷里に帰って来たことを掛けていう。○意賦―「意」は動詞で、「賦」は名詞で文体の一つである。ここの「意」は「(賦を作ろうと) 思う」と解釈する。それが「無し」だというのであるから、淵明の「感士不遇賦」のような作品は作らない、ということである。なお「感士不遇賦」は淵明が、「歸去來兮辭并序」を作った四十二歳前後の作とする説が有力である (岩波文庫版、陶淵明全集 (下) 百頁参照)。東篁は淵明とは理由は違うが、帰去しなければならなかった。そのことに残念な思いはあったと考えられるが、やむを得ないと納得して帰った。(だから) そのような作品は作らないというのであろう。そう考えるとき、第四句の「摘小句」と矛盾しないのである。○烏巾―淵明の頭巾を意識していう。○東籬―淵明の「飲酒」其の五の第五句を意識していう。○五斗 (米) ―淵明を意識していう。ここでは五斗を給料と訳した。○寒花―陶淵明五十四歳頃の作品「九日閒居并序」の十四句に「寒華」とある。

【考察】　嘉永四 (一八一五) 年、東篁四十四歳頃の作品である。
◎第一句は帰来と賦とで、第二句は烏巾で、第三句は五斗で、淵明を意識している。第四句では、「飲酒」其の五の九句で、淵明は酔って「人間のあり得べき姿がある」(自然の本当の意義、とする解釈もある) あるように思われる、といっているが、(東篁は)「私は枯れ始めた (菊の) 花を前にして短い詩を作っているに過ぎない」と自分を俗化し戯画化している (本心では悔しい思いがあったのであろう)。

72 送大廣和尚歸越後　大広和尚の越後に帰るを送る。

渡部健藏與和尙同里。時寓予塾。爲齎家書至。予一夕留共清談。云自是拜舊師墓於京師。歷岐曾以歸。

【序文の読み下し文】

渡部健蔵と和尚とは同里なり。時に予が塾に寓す。家書をもたらさんが為に至る。予一夕留めて共に清談す。云く、是より旧師の墓に京師に拝し、岐曽を歴て以て帰ると。

【序文の語釈】○大広和尚―不詳。○越後―今の新潟県。○渡部健蔵（一八三四～一九一二）―先生、諱は健蔵、渡部氏、魯庵、又雲峯と号す。越後中頸城《くびき》三郷村の人、家は世〻里正たり。父は信敬《のぶたか》、人と為り快闊、梅田雲浜に学び、豪俠を以て聞ゆ。池田氏を娶りて先生を生む。先生幼にして卓犖不羈、初め業を倉石侗窩に受く。自ら謂《おも》へらく、僻陬の寒村、成業の地に非ずと。丱童志を立て、大阪に游ばんと欲し、郷を出でて越前福井に抵《いた》り、旅費空竭す。因りて吉田東篁に謁して其の志を告ぐ。東篁之を憫れみ、深く疎放を誡め、専ら父母に告げしめ、之を家塾に置く。先生其の懇切に感じ、従学すること三年、業大いに進む。以下略（『増訂　淺見絅齋』近藤啓吾著、臨川書店、平成二年六月発行、三四四・三四五頁による）。伝記としては『雲峰渡部健藏の生涯：上越教育の父魯庵翁』渡部恒著（一九八九年（平成元年）六月出版、全一七七頁、価格三五〇〇円）がある。

【序文の通釈】渡部健蔵と和尚とは同郷である。たまたまわが塾（吾が家）に宿泊した。家へ手紙を届けるためにである。私は一晩泊めて共に清談を語り合った。和尚は、これから、京都に行き旧師の墓参りをして、木曽を通って帰ります、という。

【題意】大広和尚が越後（新潟）に帰るのでそれを送る時に作った詩（送別の詩）である。

一任東籬秋色淺　一任す東籬秋色の浅きを、
陶家清興爲君新　陶家の清興君が為に新たなり。
縱令歸去無由賦　たとひ帰去して賦するに由なきも、
已是蓮花社裏人　すでにこれ蓮花社裏の人。

【押韻】淺・新・人（平聲眞韻）

【通釈】
東の垣根の（菊花）が秋の色に染まり始めているのを自然にまかせているのだが、陶淵明のようなすみかの（我が家に君が来たお陰で）清らかな興趣に一新した。たとい帰って何か感慨の文を創作しようとしてもその手立てはないかも知れないが、已にあなたは私と同じく廬山の僧たちと交わった淵明の愛好者の一人です。

【語釈】○一任―物事の処理、決定のすべてをまかせること。○東籬―淵明の「飲酒」の其の五の第五句「采菊東籬下」を意識している。○陶家―陶淵明を指している。○賦―58九月十日作の【語釈】参照。○蓮花社―陶淵明が訪れていた廬山の白蓮社を意識している。

【考察】これは、五十歳以後、五十五歳以前の作である。
◎【語釈】で指摘したように、この詩は全句が陶淵明の故事を踏まえ出来ている詩である。◎第三句は帰去と賦とで「歸去來兮辭」を意識しているようである。

83 九　日　九日

【題意】

勿怪歸來賦未成　怪しむなかれ帰来の賦いまだ成らざると、
由來五斗有餘榮　由来五斗余栄あり。
頽然復醉東籬下　頽然また酔ふ東籬の下、
不比淵明採落英　比せず淵明の落英を採るに。

【押韻】成・榮・英（平声庚韻）

【通釈】

不思議に思わないで下さい、帰ってきてまだ淵明のように帰来の賦を作っていないと、（しかし）それ以来身に余るほまれが私にはついて回っています。酔ってたおれてまた庭の東の垣根の側で酔いくずれていますが、淵明が菊の花びらを酒が無い為に取ったのとは比べようがないほど（幸せ）です。

【語釈】○勿怪—不思議に思わないで下さい。○帰来賦—「帰去来辞并序」と「感士不遇賦」をさすか？58九月十日作の【語釈】参照。○五斗—わずかな俸禄。○東籬下—前出の【語釈】参照。○頽然—くずれる様さま。酔ってたおれるさま。○淵明採落英—「桃花源記并詩」の「記」に「落英繽紛」とある。しかし、これは明るいイメージであって、この句の雰囲気に合わない。九日閒居の序文「空しく其の華を服す」ような場面を意識しているように思う。

【考察】これは、文久三（一八六三）年、五十六歳の作品である。

◎【語釈】で指摘したように、この詩は全句が陶淵明の故事を踏まえて出来ている。

○由来―それ以来。○余栄―自分だけでは受けきれないで死後にまで及ぶほまれ。

◎帰来賦未成、由来五斗有余栄、―帰ってきてから作品は出来ないが、それ以来、私には飲む酒がなく空しく散った花びらを拾うような辛い日々はない。

【余説】

☆「宋書」「晋書」の隠逸伝によれば、陶淵明は「我五斗米の為に、腰を折りて郷里の小人に向かうこと能ずと。即日印綬を解きて職を去り帰去来を賦す」とある。

陶淵明の意識は質的にも高い。しかし、吉田東篁の場合は違っている。それは58、83を見れば分かる。特に83は経済的な面から役人生活を肯定しており、陶淵明の態度とは対照的である。

☆「採落英」は陶淵明の貧の様子を象徴しているようだ。

三　「歸園田居」をふまえる作品と注釈

(三)　歸園田居　　園田の居に帰る　　五首　其の一

義熙二年(四〇六)、四十二歳の作。俗世間との交わりを絶ち、田園生活を謳歌した作品。前の年の十一月、淵明は彭沢の令を辞して隠棲した。

陶淵明は彭沢県の県令をやめて故郷に帰った事情と決意を「帰去来兮辞」に述べているが、この「帰園田居」にもその思いを表している。特に第一首は他に比べてその気持が総論的な形で出ているので引用した。ただし、吉田東篁の作品では、第何首と指摘出来るような形では引用されていない。

90同前。(88、89番の題名は三月念三日集本多君靜古山莊。席上賦呈)
蓋此會期桃花之時。爲雨不果。君詩謝之。今用其韻(其の二)
同前。(三月念三、本多君の靜古山莊に集ふ。席上にて賦し呈す)
蓋しこの会は桃花の時に期す。雨の為に果たさず。君の詩之を謝す。今その韻を用ふ。
(その二)

【題意】

思うにこの会は桃花の咲く時期に（開こうと予定）していた。が、雨が降ったので、果たせなかった。（本多）君の詩はこのことを詑びて来た。今（その漢詩の）韻を用いて（返事の）詩を作る。

不論世事易相違　論ぜず世事は相ひ違いやすしと、
千紫萬紅彼一時　千紫万紅　彼れ一時。
野菜山肴尤添趣　野菜山肴尤も趣を添ふ、
低吟彭澤歸田詩　低吟す彭沢帰田の詩

【押韻】違、時、詩（平聲支韻）

【通釈】

世間のことは行き違いが生じやすいと野暮なことはこの際いわないことにしよう、（静古山荘）の木々の色鮮やかな紫や紅の花も今一時のことだから鑑賞しよう。山野の新鮮な野菜、谷川の魚などがこの上ない美味趣向を添えてくれている、この時思わず口ずさむのは淵明が県令をやめて故郷の園田に帰った時の詩の数々だ。

【語釈】○本多君―本多修理（一八一五〜一九〇五）。福井藩の重臣。敬義といい、通称は修理、四郎右衛門、隠居後は釣月と号した。福井藩士菅沼左門高次（寄合席、禄高一〇〇〇石）の二男で、代々同藩の家老職を務める本多家（石高二八〇〇石）の養子となる。嘉永二年（一八四九）家老職に就任。藩主慶永及び茂昭二公に仕えて家老の要職にあること前後十七年三ヶ月に及んだ。○静古山荘―本多修理氏の別荘。本書の「附録」に松平春嶽作の漢文「靜古山荘記」と「静古山荘雅集記」（『春嶽遺稿』巻一所収）を収め、註釈を付けた。「附録」を参照されたい。
○千紫万紅―静古山荘の庭の池や木々に咲く花の色であろう。○野菜山肴―山菜は春のゼンマイ、ワラビ、うど等の山菜・山肴は岩魚、泥鰌、等の川魚であろう。○低吟―低い声で吟じるのであろう。○帰田詩―ここの挙げた「帰園田居」詩だけでなく、「飲酒」詩なども含めて考えられる。
【考察】第四句が「帰園田居」詩を意識しているのである。

【余説】○陶淵明の「帰園田居」詩には、インテリであり農民でありえた陶淵明自身の体験、実感による田園の生活が詠われている。吉田東篁はいわばインテリであり、一面街に住む都会人であったが、日日鋤鍬を持つ農民ではなかった。そこから来る差異であろうか、吉田東篁の詩境は淵明に比して浅いという印象を受ける。
○本詩集で詩の題名に「本多君」の苗字を記す作品は十四作品である。25、51、52、55、74、85、88、89、90、99、132、133番作品である。詩集147全作品中の12作品で全体の、八・三％を占める。本多家と東篁との関係の深さが窺われる。

四　「與子儼等疏」をふまえる作品と注釈

（四）與子儼等疏　　子の儼等に与ふる疏

義熙十一年（四一五）淵明五十一歳、病中の作。五人の子に与えた遺言書。なお、彼には女の子もあったはずだが、一般に女の子は数に入れない。

この作品を踏まえる作品は一つである。

126　用原韻酬伴温郷被和早春作二首（其の一）

原韻を用ひ、伴温郷の早春に和せらるる作に酬ゆる作二首（その一）

【題意】この詩は明治三年（一八七〇）作者六十三歳の作品である。

元の韻字を用いて伴温郷が（私の）早春（の詩）に唱和せられた詩に酬いる詩。

一去隨身只幅巾　一去身に随ふはただ幅巾

豈知箇々此中新　あに知らん箇々この中の新を

世間休說塵如海　世間説ふを休めよ塵は海の如し

未必逮羲皇上人　いまだ必ずしも羲皇上人に逮ばずと

【押韻】巾・新・人（平聲眞韻）

【通釈】

ひとたび役所を去ってからは身にまとうものはといえばただ幅巾のみであるが、

どうして知っていよう、箇々の幅巾の中味（頭・考え）が新しくなっていることを。

世間の人々よ云うことはやめなさい、塵のような者は多く海のようにいるが、

まだ必ずしも古代の羲皇時代の人には逮ばないと。

【語釈】○随身—身に付けるもの。○幅巾—一はばの布で作った頭巾、隠士などのかぶるもの。○羲皇—伏羲の尊称。中国古代の伝説上の帝王の名。はじめて民に漁猟、牧畜を教え、八卦をえがき、文字を作ったという。○伴温郷—伴正順（生年不明～嘉永七年・安政元年（一八五四）。通称は山本重三郎、名は温卿、後に温蔭。字は如玉、岱童（たいどう）、または香露斎とも号した。京都の人で文雅家。知恩院袋町に住み、知恩院の坊官（僧坊に住し、妻帯し、僧衣をまとい、帯刀する者を言う）となり、伴豊前と称し、和歌を良くし、その歌は『以文会筆記』、『以文社尚歯集』、『橘之香歌集』などに採録されている。

【考察】「與子儼等疏」の「自謂是羲皇上人」の句を引用している。あるいは李白の「戯贈鄭溧陽」（前出）の第六句を引用しているのかも知れない。（125庚午早春卽事の【考察】。一〇〇・一〇一頁参照）

【余説】

今の時代にも頭巾をかぶっている者は多いが古代とは違っている。頭巾をかぶっている者たちの頭の中は新しくなっているのだ（しかし、その中味は、お粗末な者も多い）。しかし、現在は上古の時代よりもよい、と言うのであろう。

そこに吉田東篁の時代を見る積極的姿勢が見られる。

五　「飲酒并序」をふまえる作品と注釈

飲酒の詩は連作二十首であるが、特に有名なのはその第五首である。この作品を踏まえると思われる作品は五首ある。

(五) 飲　酒　并序

42 九月第四詣天龍方丈。偶遇禪錫不在。因題一絶去。
九月第四、天竜方丈に詣る。偶たま禅錫の不在に遇ふ。因りて一絶を題して去る。
【題意】九月の第四日に天竜寺に詣で（住職を訪ね）た。たまたま住職が留守であった。それで（七言）絶句一首を作って寺から立ち去った。

虎溪秋色促淵明　虎渓の秋色淵明を促し、
遠負東籬問舊盟　遠く東籬に負き旧盟を問ふ。
何計津梁無暇日　何ぞ計らん津梁に暇日なく、
芭蕉葉上獨題名　芭蕉葉上に独り名を題す。

【押韻】明、盟、名（平聲庚韻）

【通釈】
廬山の東林寺の虎渓のような天竜寺の秋景色は私をせきたてて陶淵明の世界へと誘い、
私は自分の庵（家）を離れて昔の盟友を訪ねてここへ来た。
どうして考えることが出来なかったのだろう（友には）川を渡す暇な日もないことを、
（それで）芭蕉の葉にただ名前（と七言絶句一首）を書き記すだけである。

【語釈】○天竜寺—京都市右京区嵯峨にある臨済宗天竜寺派の大本山ではなく、越前（福井県吉田郡松岡）にある天竜寺であろう。○詣—参詣した。ここでは訪問したということ。『奥の細道』の［四六］に「丸岡天龍寺《まるおかてんりゅうじ》の長老《ちやうらう》、古き因《ちなみ》あれば、尋ぬ。」とある。また、脚注に「丸岡は、当時、本多飛騨守重益四万六千石の城下町。天龍寺は松平中務大輔昌勝五万石の城下町松岡にあった曹洞宗の寺で、松平家の菩提寺。かつて江戸品川の天龍寺にいた大夢和尚が住職。長老は住職か住職級の僧。丸岡は松岡の誤記であろう」とある。○方丈—（天竺の維摩居士の居室が方一丈であったという故事から）禅宗などの寺院建築で長老・住持の居所。本堂・客殿を兼ねる。転じて、住持。住職。また、師への敬称としても用いる。「〜さん」。○禅錫—（禅宗の）僧侶や道士の用いる杖の一種。ここは禅錫で、住職を指すか。○虎渓—江西省廬山の東林寺の境内にある川。「虎渓三笑」で有名。○秋色—秋のけしき・けはい。○淵明—陶淵明。陶淵明は東篁を指し、促す、は早く会いたいと自分の心がせき立てられるということ○東籬—東のまがき。東側の垣根。「東籬の君子」は、菊のこと。東籬は自分の庵をいうのであろう。○旧盟—旧いちかい。旧友との約束。『奥の細道』では「古き因《ちなみ》あれば」（古いゆかりのある）と記している。○津梁—渡や橋。川をわたるのに必要なもの。衆生を彼岸へ導くもの。ここは友人そのものともとれる。○暇日—ひまな日。仕事のない日。○芭蕉

—ばしょう科の大形の多年生草本。中国原産。ここは植物の芭蕉の葉ではなく、扇のようなものであろう。

【考察】○嘉永三年（一八五〇）東篁四十三歳の作。
○この詩の中で、吉田東篁は、天竜方丈を中国の東林寺に、自分を陶淵明になぞらえている。津梁を渡って旧友に会おうとしたのは、東篁自身が、尊王攘夷の問題などで相談をしたかったのかも知れない。第二句の「東籬」が飲酒の詩を意識している。
【余説】天竜寺は越前（福井県吉田郡松岡）にある寺であろう。天保十五年芭蕉はこの寺を訪れている。また奥の細道［四六］に「物書《かい》いて扇引《ひき》さく余波哉《なごりかな》」がある。口語訳を示す。

「丸岡（実は松岡）にある天龍寺の長老は、古いゆかりのある人なので、訪問した。また金沢の北枝《ほくし》という者が、ほんのそのあたりまで送りましょうと言って、とうとうここまで、私を慕ってついて来た。この北枝は、道すがらも、所々の風景を見逃さず、句を考え続けて、折々は情趣深い句を作ったのであった。いま、いよいよ別れにあたって、私も、物書《かい》て扇引《ひき》さく余波哉《なごりかな》（もう秋なので、夏の間使い慣れた扇に、いろいろ書き散らして、さて捨てようとすれば、さすが名残が惜しまれて、なかなか引き裂けない。あなたとの別れも、惜別の句まで書きながら、まだまだ別れがたいことだ）」

完訳日本の古典　第五十五巻『芭蕉文集　去来抄』昭和六十年初版発行、小学館、八十四頁参照。

天保十五年（一八四四）十月に芭蕉翁と刻んだ石碑が立てられている（十三世大麟秀瑞の住職時代）。なお、「弘化二年（一八四五）～万延元年（一八六〇）の住職は十四世舜隣甫童である」（青園謙三郎著『天龍寺と芭蕉』フェニックス出版、一九八〇年、九三頁・九八頁参照）。
○この作品は『奥の細道』の記事にあるようなことを意識していると考える。

58 九月十日作　　九月十日の作

【題意】（嘉永四年）九月十日に作った作品である。

老去歸來無意賦　老い（去《ゆ》き）て帰来し　賦を意《おも》ふなく、
烏巾獨坐東籬暮　烏巾して独り坐す東籬の暮。
休疑五斗餘酒錢　疑ふを休めよ五斗　酒銭を余すと、
醉對寒花摘小句　酔ひて寒花に対して　小句を摘むのみ。

【押韻】賦・暮・句（去声遇韻）

【通釈】

年を取って帰ってきたが　陶淵明の賦を意識することもなく（淵明のように作らず）、
頭巾を被り夕暮れに庭の東の垣根の側に独り座っている。（でも）
（私を）疑うことは止めて下さい　給料から　酒を飲む金を残しているとは、（私は）
酔って花も散り寂しくなった（菊の花）と向き合い短い詩を作っているだけですから。

【語釈】「歸去來兮辭」の箇所を参照。

【考察】嘉永四（一八一五）年、東篁四十四歳頃の作品である。

○この作品は「歸去來兮辭」の箇所で引用した。

○第二句は「東籬」が飲酒の詩を意識している。第二句は陶淵明の詩の趣を持っている。

72 送大廣和尚歸越後　大広和尚の越後に帰るを送る。

渡部健藏與和尚同里。時寓予塾。爲齎家書至。予一夕留共清談。云自是拝舊師墓於京師。歴岐曾以歸。

【序文の読み下し文】

渡部健蔵と和尚とは同里なり。時に予が塾に寓す。家書をもたらさんが為に至る。予一夕留めて共に清談す。云く、是より旧師の墓に京師に拝し、岐曽を歴て以て帰ると。

【序文の語釈】「歸去來兮辭」の箇所を参照。

【序文の通釈】渡部健蔵と和尚とは同郷である。たまたまわが塾（吾が家）に宿泊した。家へ手紙を届けるためにである。私は一晩泊めて共に清談を語り合った。和尚は、これから、京都に行き旧師の墓参りをして、木曽を通って帰ります、という。

【題意】大広和尚が越後（新潟）に帰るのでそれを送る時に作った詩（送別の詩）である。

一任東籬秋色淺　一任す東籬秋色の浅きを、
陶家清興爲君新　陶家の清興君が為に新たなり。
縦令歸去無由賦　たとひ帰去して賦するに由なきも、
已是蓮花社裏人　すでにこれ蓮花社裏の人。

【押韻】淺・新・人（平聲眞韻）

【通釈】

東の垣根の（菊花）が秋の色に染まり始めているのを自然にまかせているのだが、

陶淵明のようなすみかの（我が家に君が来たお陰で）清らかな興趣に一新した。
たとい帰って何か感慨の文を創作しようとしてもその手立てはないかも知れないが、
已にあなたは私と同じく廬山の僧たちと交わった淵明の愛好者の一人です。
【語釈】「歸去來兮辭」の箇所を参照。
【考察】これは、五十歳から、五十五歳頃までの作である。
◎この作品も「歸去來兮辭」の箇所で引用した。
○第一句の「東籬」が飲酒の詩を意識している。

83九　日　　九日
【題意】九日。
勿怪歸來賦未成　怪しむなかれ帰来の賦いまだ成らざるを、
由來五斗有餘榮　由来五斗余栄あり。
頽然復醉東籬下　頽然また酔ふ東籬の下、
不比淵明採落英　比せず淵明の落英を採るに。
【押韻】成・榮・英（平聲庚韻）
【通釈】
不思議に思わないで下さい、帰ってきてからまだ帰来の賦を作っていないことを、

（しかし）それ以来身に余るほまれが私にはついて回っています。

酔ってたおれてまた庭の東の垣根の側で酔いくずれていますが、

淵明が菊の花びらを酒がない為に取ったのとは比べようが無いほど（幸せ）です。

【語釈】「歸去來兮辭」の箇所を参照。

【考察】

○この作品も「歸去來兮辭」の箇所で引用した。

○第三句の「東籬」は飲酒詩を意識している。三句の詩句は陶淵明の詩を彷彿とさせる。

127 用原韻酬伴溫鄕被和早春作二首（其の二）

原韻を用ひ、伴温郷の早春に和せらるる作に酬ゆる作二首（其の二）

【題意】元の韻字を使って伴温郷が早春に唱和された作品に酬答した作二首（其の一首）

頭上元期不負巾　頭上元より期す巾に負かずと、

春罇試處興尤新　春罇試みる処興尤も新たなり。

由來地自隨心遠　由来地は自ずから心遠きに随ひ、

何厭結廬猶有人　何ぞ厭はん廬を結んで猶ほ人有るを。

【押韻】巾、新、人（平聲眞韻）

【通釈】

頭上の（隠者の印）頭巾には背くまい（二度と仕官はするまい）と心に決めて、春の酒を試飲すると、興趣はすっかり新たになった。
それ以来この人里に住んでいるが心は辺鄙な土地に住むのと同じである、家を構えているから人は尋ねて来るがそれをどうして嫌おうか嫌わない。

【語釈】○春罇—春に醸し出された酒。○興—楽しむ、よろこぶ、心に趣を感じる。○由来—それ以来。○伴温郷についてはは（四）與子儼等疏の126番作品の語釈を参照。

【考察】○第三句の「地自随心遠」は飲酒詩の「心遠地自偏」を踏まえている。「結廬猶有人」は飲酒の詩の第一句「結廬在人境」を踏まえている。この作品が最も陶淵明の詩境を生かしていると思う。

【余説】○この一群の作品は飲酒の詩が持つ雰囲気を比較的よく生かしていると思う。東篁に強く共感するところがあったのであろう。

六　「漉酒巾」をふまえる作品と注釈

漉酒巾を踏まえる句は「帰園田居」其の五の五句と「飲酒」二十首の十八句とにある。その句を意識していると見られる作品は四つある。

（六）漉酒巾

125 庚午早春卽事　庚午早春卽事

【題意】庚午（明治三年・一八七〇年）作者六十三歳、春の初め目の前の景色を詠んだ。

五柳先生漉酒巾　五柳先生の漉酒巾、
春醅未試爲誰新　春醅いまだ試みず誰が為に新たにするや。
折腰斗米非吾事　腰を折る斗米吾が事に非ず、
携榼來親有幾人　榼を携へ来たり親しむ幾人かあり。

【押韻】巾・新・人（平聲眞韻）

【通釈】
五柳先生は漉酒巾を被っていらっしゃる、という話だが、春の新酒はまだ出来ず試飲をしていないのに誰のために頭巾を新調したのか。
斗米のために腰を曲げ上役に頭を下げるなどは私とは係わりのないことだ、
酒徳利をぶら下げてやって来てくれる人は何人かは居るのだ。

【語釈】○漉酒巾―「五柳先生傳」の箇所を参照。

【考察】◎この作品は「五柳先生傳」の箇所で引用した。初句と二句が陶淵明の前掲作品「帰園田居」の五句を意識している。

【余説】

白居易の「倣陶潜体詩十六首の第一首の十句「頭載漉酒巾」などを意識しているかもしれない。

126　用原韻酬伴温郷被和早春作二首（其の一）

原韻を用ひ、伴温郷の早春に和せらるる作に酬ゆる作二首（その一）

【題意】この詩は明治三年（一八七〇）作者六十三歳の作品である。

元の韻字を用いて伴温郷が（私の）早春（の詩）に唱和せられた詩に酬いる詩。

一去隨身只幅巾　一去身に随ふはただ幅巾
豈知箇々此中新　あに知らん箇々この中の新を
世間休說塵如海　世間説ふを休めよ塵は海の如し
未必逮羲皇上人　いまだ必ずしも羲皇上人に逮ばずと

【押韻】巾・新・人（平聲眞韻）

【通釈】

ひとたび役所を去ってからは身にまとうものはといえばただ幅巾のみであるが、どうして知っていよう箇々の幅巾の中味（頭・考え）が新しくなっていることを。世間の人々よ云うことはやめなさい、塵のような者は多く海のようにいるが、まだ必ずしも古代の羲皇時代の人には逮ばないと。

【語釈】「與子儼等疏」の箇所を参照。

【考察】この作品は「與子儼等疏」の箇所で引用した。

この作品も初句が陶淵明を意識しているが、四句に「羲皇」のことをいうことから言えば飲酒二十首の第二十の第一句と第十八句とを意識していると言えよう。

127 用原韻酬伴温郷被和早春作二首（其の二）

原韻を用ひ、伴温郷の早春に和せらるる作に酬ゆる作二首（其の二）

【題意】

元の韻字を用いて伴温郷が（私の）早春（の詩）に唱和せられた詩に酬いる詩。

頭上元期不負巾　頭上元より期す巾に負かずと、

春罇試處興尤新　春罇試みる処興尤も新たなり。

由来地自随心遠　由来地は自ずから心遠きに随ひ、
何厭結廬猶有人　何ぞ厭はん廬を結んで猶ほ人有るを。

【押韻】巾、新、人（平聲眞韻）

【通釈】

頭上の（隠者の印）頭巾には背くまい（二度と仕官はするまい）と心に決めて、春の酒を試飲すると、興趣はすっかり新たになった。

それ以来この人里に住んでいるが心は辺鄙な土地に住むのと同じである、家を構えているから人は尋ねてくる来るが、それをどうして嫌おうか嫌わない。

【語釈】前掲の「飲酒」の詩の箇所を参照。

【考察】この作品は「飲酒」の詩の箇所で引用した。

これも初句が陶淵明の作品を意識している。特に初句は前掲の「飲酒二十首の第二十「羲農去我久」の十八句に近い雰囲気を持つ。

【余説】

この作品は李白の上元二年（公元七六一）六十一歳作。「嘲王歴陽不肯飲酒」の「空負頭上巾、吾于爾何有」（安旗主編、「李白全集編年注釋」（中）、巴蜀書社、一九九〇年版、前掲書の一六二三頁）を直接踏まえている可能性もある。一〇一頁参照。

128　讀陶淵明飲酒詩及桃源序。有感二首（其の一）

陶淵明の飲酒詩及び桃源序を読む。感有り二首（其の一）

【題意】

天下紛々經幾秦　天下紛々　幾秦を経たる、

詩書千載又誰親　詩書千載　又誰か親しむ。

區區諸老知何作　区区の諸老何を知ってか作る

頭上唯當不負巾　頭上唯当に巾を負はざるべし。

【押韻】秦、新、巾（平聲眞韻）

【通釈】

天下は糸のように乱れ秦が亡び漢が起き晋になるというような戦乱を何度経てきたことか、詩経や書経を何千年もの長い期間、誰が親しんできただろうか。

取るに足りないような老人が何を知ったというのか詩を作っている、

頭上には世捨て人のような頭巾は当然かぶるべきではないのである。

【語釈】〇紛々―まじりみだれるさま、ごたつくさま。〇経幾秦―幾度秦が亡び漢が起こり晋になると言うような戦乱を経てきたことか。陶淵明の「桃花源記」意識している。〇詩書―中国の五経の中の詩経や書経ととれる。また、軽く詩を書いた本とも言える。〇区区―わずか、小さい。取るに足りない。各時代のことか。

【考察】◎第二句は飲酒二十首の第二十首「羲農去我久」の九、十四句を、第三句は十一句と十七、十八句とをそれそれ意識している。

【余説】○125は「帰園田居」の第五句を、126は飲酒二十の一句と十八句、127は十八句を踏まえている。128の四句は集句の詩の趣きさえあると言える。

○第三・四句は東篁自身のことを言っているとも見られる。

七 「九日閒居并序」をふまえる作品と注釈

（七）九日閒居　并序

晋の元熙元年（四一九）、五十四歳ころの作と推定される。この作品を踏まえる作品は一つである。

蕭統の伝に「嘗《かつ》て九月九日酒無し。出でて宅辺の菊叢の中に坐し、之《こ》れを久しうして、満手に菊を把《と》る。忽ち弘の酒を送りて至るに値《あ》い、即《ただ》ちに便《すなわ》ち就《つ》きて酌《く》み、酔うて帰る」とある。

83 九　日　　九日

【題意】九月九日の感慨

勿怪歸來賦未成　怪しむなかれ帰来の賦いまだ成らざるも、

由來五斗有餘榮　由来五斗余栄あり。

頽然復醉東籬下　頽然また酔ふ東籬の下、

不比淵明採落英　比せず淵明の落英を採るに。

【押韻】成・榮・英（平聲庚韻）

【通釈】

不思議に思わないで下さい、帰ってきてからまだ作品を作っていないことを、それ以来身に余るほまれが私にはついて回っています。酔ってたおれてまた庭の東の垣根の側で酔いくずれていますが、淵明が菊の花びらを酒が無い為に取ったのとは比べようがないほど（幸せ）です。

【語釈】「歸去來辭并序」と「飲酒并序」の箇所を参照。

【考察】これは、文久三（一八六三）年、五十六歳の作品である。

この作品は、「歸去來辭并序」と「飲酒并序」の箇所で引用している。第四句の「淵明採落英」は序文の「持醪靡由、空服其華」を意味の上で踏まえている。なお、前出の58九月十日作の第四句の「醉對寒花摘小句」は、九日閑居の詩の第十四句「寒華徒自榮」の句を踏まえているかも知れない。

【余説】

酒を好み飲酒の詩を多く作った陶淵明が、酒に不自由するという話は吉田東篁に強い印象を与えたのかも知れない。

八　「桃花源記并詩」をふまえる作品と注釈

（八）　桃花源記并詩

「桃花源記」は、淵明の描きだした理想郷の物語で彼の全作品の中でも代表作とされる。吉田東篁の作品で「桃花源記」から影響を受けて居ると思われる作品は六つある。

一方、「桃花源記の詩」は大変有名であるが、淵明の作ではあるまいと疑う説もある。文をなぞっただけであり、新味がないというのである。また、吉田東篁の作品との影響関係は見出せない。

56 哭執政狛君。君法號靈源院桃岳道悟居士

執政の狛君を哭す。君の法号は霊源院桃岳道悟居士。

【題意】家老狛氏の死去に声を上げて泣く。狛君の法号は霊源院桃岳道悟居士である。

一朝金鼎厭調羹　一朝金鼎　調羹を厭い、

百歳慈闈奈喪明　百歳慈闈　喪明をいかんせん。

欲逐桃源覓仙跡　桃源を逐ひて仙跡を覓めんと欲するも、

満天風雨失前程　満天の風雨前程を失ふ。

【押韻】羹、明、程（平聲庚韻）

【通釈】

ある日にわかにいつもと違って金の盛り鉢に整えた羊羹を嫌われて（亡くなられて）、百歳の大奥様は子を失われた（先を見る視力を失われた）、どうしたものであろうか。

桃源境を求めるように狛家老の跡を追いたいと思っているが、

空一杯の雨風の中、先を進もうにも道を失ってしまって進めない。

【語釈】○一朝—一旦と同じ。ある朝。ある日にわかに。○金鼎—金色の盛り鉢。くつろぐ時の菓子と菓子を入れる鉢。または、金属製の鼎で、江戸時代には、薬を調合するのに薬罐（素焼きの甕）で煮詰めたり煮出したりしていたという。ここは似たことが行われていたことを言うか。○調羹は鼎で薬を煮詰めて調合していたことを示し、「厭」はそれを嫌う、薬を嫌になり飲まなくなるの意味か。○慈闈—母親。（皇后をいう。闈は宮中の大門の傍の小門、后妃の居所を言う）。ここは、狛家老の母親のことであろう。○喪明—子を失うこと（日本国語大辞典）。視力を失う。失明。（ここは家老の母親が子供に死なれたことを意味する）。（孔子の弟子・子夏が子どもを亡くして盲目になったという話が「礼記、檀弓」にある。「子夏喪其子、而喪其明（子夏其の子を喪ひて、其の明を喪ふ）」という故事）。○仙跡—仙人の跡。執政の業績。○前程—ここから先の道のり。将来（前途に同じ）。

【考察】

○第三句は「桃花源記」を意識している。漁夫が桃源境を求めることと「尋向所誌、逐迷不復得路」という部分の話を踏まえている。ここは、悲しいことに使われた用例といえる。

○嘉永五年（一八五二）、東篁、四十五歳の作。この執政（家老）とは南北二家ある狛家のうちの北狛家当主「狛帯刀（澄保）」である。『福井藩士履歴』によれば、帯刀は天保十四年（一八四三）八月に家老職に任じられており、嘉永五年閏二月十四日に病死している。

○この作品は吉田東篁が状況を知り、見て書いていると思われる。従って、三、四句は家老の年老いた母君の悲嘆の様子の表現と見るのがよいと思う。

○なお、作者と執政（家老）狛氏との関係はすこぶる良かったと思われる。それ故、「彼は死んだ。一緒に行きたいけれども、道が分からない」というのである。この三、四句は吉田東篁の気持を表現したと見ることも出来る。

【余説】

『橘曙覧全歌集』輪読会　平成二十五年十二月一日　担当　前川幸雄　の記事

［春明け草　一七二頁から］【535～541】の七首

＊通釈は『完本橘曙覧歌集評釈』（辻森秀英著）＝（「評釈」と略称する）を初めに上げ、『橘曙覧全歌集』（水島直文・橋本政宣編注）＝（「全歌集」と略称）の脚注を記し、終わりに『志濃夫廼舎歌集』（久保田啓一校注）＝（「大系」と略称）の脚注を全て記した。そして、それについての私見と当日出席した諸氏の意見をまとめ、ここに記した。（以下『橘曙覧研究』　第四号（七十四頁・七十五頁）所載）

狛君の別野《べっしょ》　二楽亭

536
広き水　真砂《まさご》のつらに　見る庭《には》の　ながめを曳《ひ》きて山も連なる

（評釈）広い水面、細かい砂の列の上に見る庭の眺めを引き延ばして山も同列に連なっている。

（全歌集）狛君―狛伊勢逸也。福井藩家老。高知席。禄四千五百石。別墅―別荘。②細かい砂の表面につづいて。

（大系）広い泉水や真砂を敷きつめた庭の面に見る眺めに連続して山も連なっている。○狛君―狛伊勢。○別墅二楽亭―狛伊勢の別荘。福井市勝見にあった（久米田裕『橘曙覧』）。真砂のつら―「広き水」と共に二楽亭の庭の構成要素であろうから、「つら」は諸注のいう「列」ではなくて「面」と見るべきではないか。「真砂の列」では意味を成さない。○ながめを曳きて―二楽亭は足羽川に面し、文殊山まで見渡されたという。（久米田裕『橘曙覧』）から、庭と遠くの文殊山とが連続するように見えたのであろう。

（私見）（大系）が「つら」について諸注は「列」という、とするが（全歌集）は「面」と見ている。この歌は作者の実感であろう。

＊「二楽亭」の二楽について（私見）

孟子の尽心上篇に「君子三楽」がある。①一家の者が無事であること、②天にも人にも恥じるところのないこと、③天下の英才を教育すること、の①②を考えてつけた名前であろう。③は家老職にある者としては考えないことであろうと思う（なお、列子の天瑞編は踏まえていないと思う）。

＊狛家について

南狛家、北狛家の二家があり、曙覧は両家とも関係があったらしい。

記事は、「松旭斎天一と福井藩陪臣牧野家―再読『松旭斎天一の生涯』―」長野栄俊著、若越郷土研究五十六巻二号、四十一頁中段に見える。

＊〈北狛八代〉澄宜〈北狛七代〉の後知は同じ高知席の岡部豊後の次男釜作が継いだ（諱不詳）。安政元年（一八五四）家督後に茂十郎、同五年に帯刀を名乗る。文久四年（一八六四）茂昭の代には家老となるも、同年藩命に背いたかどで蟄居処分となった。後に逸也と号し、橘曙覧の歌集「福寿草」にもその名が見える。

＊〈南狛六代〉「孝政は岡部左膳長直の二男で、通称は五郎、二郎、熊勝、左仲、主税介を経て、家督時に木工允、後に山城を名乗った。元治元年（一八六四）に病没するまで、慶永と最後の藩主茂昭の代に家老職を務めている」とある。

＊536番に「狛君の別墅《べっしょ》二楽亭」が出ている。そこで、参考として、狛山城の別荘「農日楼」を詠った漢詩を一首紹介しておこう。

安政五年　戊午（一八五八）横井小楠五十歳、福井での漢詩作品である。

遊農日樓　樓在足羽川上。狛氏別莊也。（『小楠堂詩草』の作品番号72）

（農日楼《のうじつろう》に遊ぶ　楼は足羽川《あすわがわ》の上《ほとり》にあり。狛《こま》氏の別荘なり）

【題意】福井藩家老狛山城（こまやましろ）の別荘農日楼を訪れたときの詩。

長河一帶水搖樓　長河一帯水楼を揺らし、

亂絮雲圍山腹浮　乱絮《らんじょ》の雲は山腹《さんぷく》を囲《かこ》みて浮く。

況復畫書奇絕甚　況復《おもむき》た画書《がしょ》のごとく奇絶《きぜつ》なること甚しく、

洒然身似登瀛洲　洒然《さいぜん》として身は瀛州《えいしゅう》に登るに似たり。

長い河が帯のようにめぐり、波が楼を揺らし、わた雲が山腹を取り巻いてただよっている。そのありさまは書画のごとくすばらしく、身も心も洗われ、まるで神仙が住むという瀛州《えいしゅう》に登ったようだ。

【語注】○農日楼―足羽川のほとりにあった福井藩家老狛山城の別荘（下屋敷）の名。現福井市勝美《ママ》にあった。○狛氏―狛山城。福井藩家老。石高四千五百石。当時、藩政改革に反対する保守派に属していた。○絮―わた。やなぎの花。○洒然―けがれやわだかまりがなく、さっぱりしているさま。○瀛州―三神山の一つ。東方の海中にあって神仙が住んでいるという山。『史記』秦始皇本紀に「徐市（じょふつ）言う、海中に三神山有り、名を蓬萊・方丈・瀛洲と曰う、僊人之に居す」とある。

□七言絶句　韻字は楼・浮・州（平聲尤韻）。

『横井小楠漢詩文全釈』野口宗親著　熊本出版文化会館、二〇一一年刊（二一二頁参照）。以上。

66　世譜局中偶作　世譜局中偶ま作る

【題意】

何向武陵極水源　何ぞ武陵に向かって水源を極むる、
此中自是別乾坤　此の中は自ら是れ別乾坤。
不知世上塵如海　知らず世上の塵は海の如く、
語語言言異代論　語語言言異代の論あり。

【押韻】源、坤、論（平聲元韻）

【通釈】

どうして武陵に向かって水源を見極めようとするのか、
この世の中がそのまま別天地であるのに。
分からない、この世の人は多く、海のようにいて、
ことばは時代を異にして色々の議論がある（が、今の世こそ良いと思うのだが）。

【語釈】○世譜―代々の血筋を記録した系譜。○世譜局―福井藩の正史「世譜（のちに家譜）」を編纂した役所で、東篁も安政四年に御世譜方御用を命じられている。系図。○武陵極水源―桃花源を尋ねること。○此中―この世の中。○自是―そのまま…である。○別乾坤―別天地。桃花源、理想郷であると言うこと。○世上塵―この世の人。○語言―ことば。言語。○異代―時代を異にする。

【考察】この作品は『東篁遺稿』の嘉永六癸丑の年の作品に続いて三番目にある。しかし、履歴では安政四年（一八五七）以降にはじめて世譜のことが出て来るので制作年は安政四年（一八五七）五十歳、または以後の作とみられる。
第一、二句は桃花源記の最初の部分を踏まえる。ただし、この詩は、「この世に別天地がある」という所が、「桃花源記」とは違う。

88 三月念三集本多君靜古山莊。席上賦呈。
三月念三、本多君の静古山荘に集ふ。席上にて賦し呈す。

【題意】三月十三日、本多（家老）君の別荘「静古山荘」に集まった。その席上（この詩を）作り、差し上げた。

桃花流水去宛然　桃花　流水　去って宛然たり、
初信人間別有天　初めて信ず　人間別に天有りと。
盡日陪遊何所覺　尽日陪遊し何の覚る所ぞ、
山如太古日如年　山は太古の如く日は年の如し。

【押韻】然、天、年（平聲先韻）

【通釈】
桃の花は川に流れてそのまま去っていき、
初めて人間世界にも別天地（別世界）が有ると信じた。
一日中お伴をして遊び、何を覚ったかというと、（靜古山荘）は
山は太古そのままで一日が一年のように感じられる、ということです。

【語釈】○桃花流水―李白の「山中問答」の第三句「桃花流水杳然去」を踏まえる。○宛然―そっくりそのまま。あたかも。人にゆずり避けるさま。○尽日―一日じゅう。終日。○陪遊―付き添って遊ぶ。

【考察】本多君―福井藩家老。○静古山荘―本田修理氏の別荘。本書の「附録」に松平春嶽作の漢文「靜古山荘記」と「靜古山荘雅集記」（『春嶽遺稿』巻一所収）を収めた。参照されたい。
本多氏の苗字を記す作品＝25、51、52、55、74、85、88、89、90、99、132、133番作品。

89　同前。蓋此會期桃花之時。爲雨不果。君詩謝之。今用其韻（其の一）

同前。蓋し此の会は桃花の時を期す。雨の為に果たさず。君の詩は之を謝す。今は其の韻を用ふ。

【題意】前作88番作品と同題。思うにこの会は桃花が咲いていた時に開こうと計画した。だが、雨のために実施出来なかった。本多君はそれを陳謝している。今は、その韻字を使う（って詩を作る）。

山莊靜古趣何違　山荘「静古」の趣は何ぞ違ふ、
陪侍豈唯桃李時　陪侍す豈に唯だ桃李の時のみならんや。
園樹亦方會君意　園樹も亦たまさに君の意に会し、
紅塵淨盡待新詩　紅塵浄く尽きて新詩を待つ。

【押韻】違、時、詩（平聲支韻）

【通釈】
山荘「静古」の趣きは何が違うのか、
お伴をし側に控えるのはただ桃李の時だけに限ろうか、いや限らない。
庭園の木もまた君の気持ちと合っていて、
（桃の花びらの）赤い塵はすっかり無くなり新しい詩を待っている（と思うので詩をさし上げる）。

【語釈】○陪侍―君主のおそばにはべる。そば近く仕える。○園樹―静古山荘の庭の木。○君意―本多氏の意。○新詩―新しい詩。この場合吉田の詩。

【考察】前と同じ年、元治元（一八六四）年五十七歳の作である。

第二句の桃の字以外「桃花源記」を直接踏まえる句はないが、静古山荘を桃源郷に見立てているのである。

128 讀陶淵明飲酒詩及桃源序。有感二首（其の一）

陶淵明の飲酒詩及び桃源序を読む。感有り二首（其の一）

【題意】陶淵明の飲酒詩と桃花源の序（記）を読んだ。感ずることがあったので二首よんだ。（其の一）

天下紛々經幾秦　天下紛々　幾秦を経たる、

詩書千載又誰親　詩書千載　又誰か親しむ。

區區諸老知何作　区区の諸老何を知ってか作る

頭上唯當不負巾　頭上唯当に巾を負はざるべし。

【押韻】秦、新、巾（平聲眞韻）

【通釈】

天下は糸の如く乱れ秦が亡びあと漢魏晋になるというような戦乱を何度経てきたことか、

詩経や書経を千年もの長い期間、誰が親しんできただろうか。

取るに足りないような老人が何を知ったというのか詩を作っている、

頭上には世捨て人のような頭巾は当然かぶるべきではないのである。

【語釈】「漉酒巾」の箇所を参照。

【考察】第一句桃花源記の「先世避秦時乱、…無論魏・晋」を意識している。

【余説】125は「歸園田居」の第五句を、126は飲酒二十の一句と十八句、127は十八句を踏まえている。128の四句は集句の詩の趣きさえあると言える。

129 讀陶淵明飲酒詩及桃源序。有感二首。
陶淵明の飲酒詩及び桃源序を読む。感有り二首（その二）

【題意】陶淵明の飲酒詩と桃花源の序（記）を読んだ。感ずることがあったので二首よんだ。（其の二）

微官抛去已三春　　微官抛り去って已に三春、
醉月吟花自在身　　月に酔ひ花を吟じ自在の身なり。
更復心頭何所掛　　更に復た心頭何の掛くる所ぞ
武陵遙想避秦人　　武陵遥かに想ふ秦を避けし人を

【押韻】春、身、人（平聲眞韻）

【通釈】
（私は）低い官職を抛り投げてから已に三年が経ったが、
月に酔い花を詩に読み自由の身である。
更にまた心に何が気になっているかというと、
（桃花源記に描く）武陵源で戦乱を避けた人たちのことである。

【語釈】○微官―地位の低い官職。官吏が自分を謙遜していうこと。○心頭―こころ。胸先。念頭。

【考察】　明治三（一八七〇）年六十三歳の作。

第四句が桃花源記の初めの部分と「先世避秦時乱」を踏まえている。

【余説】

◎桃花源記は次のような意味を表現する為に応用されている。

○仙界を尋ねようとしたが道が分からぬ。

○この人間世界に別世界がある。

○幾つもの時代を経ている。

○あの古い時代に憧れる。

語句ないしはめずらしい話題として引用されている。

結語

陶淵明は若年の頃経世済民の抱負を持ち、己の力量を政治の上に発揮したいと考えていた。しかし、時代は東晋から宋へ替わる頃の乱世である。成長し社会の実情を知るにつれ、彼は己の持つ理想は到底実現出来そうもないことを知る。それ故、四十一歳になって彼は己の無力と性格を考えて、役人でいることを止めて故郷に帰ったのである。五斗米の為に腰を折ることを好まぬというのは単なる自尊心が許さぬというような単純なことではなかった。陶淵明の晋王朝への忠節心、新政権宋への反発、つまりは己の節操の保持と保身の為など、諸々の情況を勘案した上での熟慮の決断であったのである。そして以後は二度と出仕することはなかった。

陶淵明は中国文学史上最初の田園詩人として認められている人である。そして、役人時代から田園生活に憧れていたと言っている。しかし、その生活に入った時、それに満足出来たかというと必ずしもそうではない。

確かに「歸去來兮辭」のような達観を述べる作品もあるが、時には孤独を感じている。また覚醒している意識を紛らす為に詩を作らずにはいられないこともあった。山水を愛し、田園生活への憧れをうたう詩は比較的平易、淡泊でありながら、その中に難解とされるものがある。それらは諷刺を秘めているためとみられる。

陶淵明が孤独感を紛らす方法の一つは酒を飲むことであったと思われる。飲酒の詩が多いのはそのせいであろう。そして、陶淵明が時には飲みたい酒が無く、両手一杯に菊の花を摘んでいた、というのは、我々にまでやりきれない思いをさせるのである。

もう一つの方法は、古代に憧れる、あるいは現実にはない「虚構」の世界を組み立ててその世界に遊ぶことである。その典型的作品は「桃花源記」である。

古代に憧れる、あるいは理想郷に憧れ、争いを避けて別境に逃れるという文学の発想は、中国に伝統があり、陶淵明に始まるものではない。しかし、彼が「桃花源記」を書いたということは、逆に陶淵明の時代の厳しさと、その中にいた彼の苦衷を考えさせるのである。

吉田東篁は二十代半ば過ぎから、政治的実践性のある学問ということに関心を持ったと思われる。また、漢詩は三十代から作り始めたと思われる。今日残っている作品では三十六歳作と見られるものが最も早い。しかし、陶淵明のことをうたうのは四十三歳の作品が最初である。四十三歳といえば、横井小楠が福井に迎えられた年である。このことが東篁の気持の変化に何らかの影響を与えている思われる（横井小楠に触れる作品は三つあり、38、40、41番作品である）。

また、東篁は四十代半ばまでは国事に奔走したいと考えていた。しかし、それは略歴の項で紹介したように挫折している。ただし、藩公（春嶽）の抜擢もあって、東篁は以後も教育者、学者として藩に仕えることが出来た。つまり、役人として実践躬行の学を教育することが出来たのである。しかし、東篁の陶淵明への傾斜は以後も続いている。

吉田東篁は四十代に入ってから、自己の境遇の中に陶淵明と似た状況を見出し、陶淵明に関心を持ち出したようである。そして、自己を陶淵明になぞらえ、自作の詩の中で、陶淵明の詩を踏まえた表現をしているのである。

更に六十三歳以後、出仕して働くことが出来なくなってからは、傾斜が一層深まっているようにも思われる。それらを検討したものにそって、一応李白や白居易などの作品からの直接的影響はないものとして、具体的に言うと、次のようである。

（一）吉田東篁の「五柳先生傳」を踏まえる作品は「五柳先生」という句を引用することに重点がある。陶淵明の「傳」そのものの内容から深く影響を受けているものではないという印象がある。

（二）「歸去來兮辭」を踏まえる作品は、単に「役人を止める」という意味で使っている。吉田東篁は経済的な面から役人生活を肯定しており、陶淵明のような精神面での苦衷や質的な高さは見られない。

（三）「歸園田居」には、インテリであり、地主ではあるが農民であった陶淵明の実感がある。吉田東篁はインテリであり末端の武士の家の出身ではあるが、一応は都市に住む都会人であって農民ではなかった。そのせいであろうか、作品には、実感が乏しく詩境が浅いように思われる。

（四）「與子儼等疏」では、吉田東篁は現在が上古よりもよいとする。陶淵明とは違っている。

（五）「飲酒二十首の二十」を踏まえる作品は、陶淵明の詩が持つ雰囲気を比較的よく生かしている。

（六）「漉酒巾」では陶淵明の詩句を吉田東篁は作品中に具体的に踏まえていると見られる。

（七）「九日閒居并序」では、吉田東篁は、酒を飲めず落英を採った（散っている花びらを拾った）陶淵明より自分の方がよいと言っている。

（八）「桃花源記」を踏まえる作品では、語句だけの引用もある。古い時代に憧れる、として引用をしているものもある。この現実の人間界に理想の世界があるとしており、陶淵明が描いたような「理想郷」に憧れてはいない。

もともと二人の境遇や情況は同じではない。別の二つの国であり、更に時代も大きく隔たっている。従って当然であるが。上述のような差がある。

吉田東篁の漢詩は百四十七首しか残されていないが、境地が清淡な詩に良いものがあるように思う。日本人が漢詩を作るということは、容易なことではない。東篁の漢詩は、漢学者の必修の教養であるとはいえ、彼の時代としてはやはり立派な漢詩であったと言えると思う。

吉田東篁は陶淵明を学んだ。その生き方を学び、思想を学んだのである。そして、このことが比較的淡白な吉田東篁の詩境に深みを与えている要因の一つになっていると思う。

附　陶淵明作品の原文と書き下し文

○本文には旧字体の漢字を用い、返り点、句読点をつけた。
○現行の文字を（　）で示した。［　］は補足。
○書き下し文には常用の字体を用い、現行の仮名遣いによった。

（一）五柳先生傳　　五柳先生《りゅうせんせい》の伝《でん》

先生不レ知二何許人一也。亦不レ詳二其姓字一。宅邊有二五柳樹一、因以爲レ號焉。
先生《せんせい》は何許《いずこ》の人《ひと》なるかを知《し》らざるなり。亦《ま》た其《そ》の姓字《せいじ》も詳《つまび》らかにせず。宅辺《たくへん》に五柳樹《ごりゅうじゅ》有《あ》り、因《よ》って以《もっ》て号《ごう》と為《な》す。

閒(閑)靖(靜)少レ言、不レ慕二榮利一。好レ讀レ書、不レ求二甚解一。每レ有レ會レ意、傁(便)欣然忘レ食。
間《かん》(閑)靖《せい》(静)にして言《ことば》少《すく》なく、栄利《えいり》を慕《した》わず。書《しょ》を読《よ》むことを好《この》めども、甚解《じんかい》を求《もと》めず、意《い》に会《かい》するもの有《あ》る毎《ごと》に、便《すなわ》ち欣然《きんぜん》として食《しょく》を忘《わす》る。

性嗜レ酒、家貧不レ能二常得一。親舊、知二其如一レ此、或置酒而招レ之。造飲輒盡、期在二必醉一、既醉而退、曾不レ𠫤(吝)ニ情去留一。

性《せい》、酒《さけ》を嗜《たしな》むも、家貧《いえひん》にして常《つね》には得《う》ること能《あた》わず。親旧《しんきゅう》、其《そ》の此《かく》の如《ごと》くなるを知《し》り、或《ある》いは置酒《ちしゅ》して之《こ》れを招《まね》く。造《いた》れば飲《の》みて輒《すなわ》ち尽《つ》くし、期《き》すること必《かなら》ず酔《よ》うに在《あ》り。既《すで》に酔《よ》いて退《しりぞ》き、曾《かつ》て情《じょう》を去留《きよりゅう》に吝《お》しまず。

環堵蕭然、不レ蔽ニ風日一。短褐穿結、簞瓢屢空、晏如也。常著ニ文章一自娯、頗示ニ己志一。忘ニ懐得失一、以レ此自終。

環堵蕭然《かんとしょうぜん》として、風日《ふうじつ》を蔽《おお》わず。短褐穿結《たんかつせんけつ》し、簞瓢屢《たんぴょうしばしば》空《むな》しきも、晏如《あんじょ》たり。常《つね》に文章《ぶんしょう》を著《あらわ》して自《みずか》ら娯《たの》しみ、頗《いささ》か己《おの》が志《こころざし》を示《しめ》す。懐《おも》いを得失《とくしつ》に忘《わす》れ、此《こ》れを以《もっ》て自《みずか》ら終《おわ》る。

賛曰、黔婁[之妻]有レ言、不レ戚ニ戚於貧賤一、不レ汲ニ汲於富貴一。極ニ其言一、茲若人之儔乎。酣觴賦レ詩、以樂ニ其志一。無懐氏之民歟、葛天氏之民歟。

賛《さん》に曰《いわ》く、黔婁《けんろう》の妻《つま》の言《い》える有《あ》り、「貧賤《ひんせん》に戚戚《せきせき》たらず、富貴《ふうき》に汲 汲《きゅうきゅう》たらず」と。其《そ》の言《げん》を極《きわ》むるに、茲《こ》れ若《かくのごと》き人《ひと》の儔《ともがら》か。酣觴《かんしょう》して詩《し》を賦《ふ》し、以《もっ》て其《そ》の志《こころざし》を楽《たの》しむ。無懐氏《むかいし》の民《たみ》か、葛天氏《かってんし》の民《たみ》か。

(二)　歸去來兮辭　幷序

帰去来《ききょらい》の辞《じ》　幷《ならび》に序《じょ》

余家貧、畊(耕)植不レ足ニ以自給一。幼稚盈レ室、缾無ニ儲粟一。生生所レ資、未レ見ニ其術一。親故多勸三余爲ニ長吏一。脫然有レ懷、求レ之靡レ途一。
余《よ》が家貧《いえひん》にして、耕植以《こうしよくもつ》て自《みずか》ら給《きゆう》するに足《た》らず。幼稚室《ようちしつ》に盈《み》ち、缾《へい》に儲粟《ちよぞく》無《な》し。生生《せいせい》の資《もと》むる所《ところ》、未《いま》だ其《そ》の術《じゆつ》を見《み》ず。親故《しんこ》多《おお》く余《よ》に長吏為《ちようりた》らんことを勧《すす》む。脱然《だつぜん》として懐《おも》う有《あ》り、之《こ》れを求《もと》むるに途靡《みちな》し。

會有二四方之事一、諸侯以二恵愛一爲レ德、家叔、以二余貧苦一、遂見レ用二于小邑一。于レ時風波未レ靜、心憚二遠役一。彭澤去レ家百里、公田之利、足二以爲一レ酒。故便(便)求レ之。
会々《たまたま》四方《しほう》の事有《ことあ》り、諸侯《しよこう》、恵愛《けいあい》を以《もつ》て徳《とく》と為《な》し、家叔《かしゆく》、余《よ》が貧苦《ひんく》を以《もつ》て、遂《つい》に小邑《しようゆう》に用《もち》いらる。時《とき》に風波《ふうは》未《いま》だ静《しず》かならず、心《こころ》に遠役《えんえき》を憚《はばか》る。彭沢《ほうたく》は家《いえ》を去《さ》ること百里《ひやくり》、公田《こうでん》の利《り》、以《もつ》て酒《さけ》を為《つく》るに足《た》る。故《ゆえ》に便《すなわ》ち之《こ》れを求《もと》む。

及二少日一、眷然有二歸與之情一。何則、質性自然、非二矯厲所一レ得。飢凍雖レ切、違レ己交病。嘗從二人事一、皆口腹自役。於レ是悵然、慷慨、深愧二平生之志一。猶望、一稔當二斂レ裳宵逝一。
少日《しようじつ》に及《およ》んで、眷然《けんぜん》として帰《かえ》らん歟《か》の情有《じようあ》り。何《なん》となれば、質性自然《しつせいしぜん》にして、矯励《きようれい》の得《う》る所《ところ》に非《あら》ず。飢凍切《きとうせつ》なりと雖《いえど》も、己《おの》れに違《たが》えば交々病《こもごもや》む。嘗《かつ》て人事《じんじ》に従《したが》いしも、皆口腹《みなこうふく》に自《みずか》ら役《えき》す。是《ここ》に於《おい》て悵然《ちようぜん》として、慷慨《こうがい》し、深《ふか》く平生《へいぜい》の志《こころざし》に愧《は》ず。猶《な》お望《のぞ》む、一稔《いちじん》にして当《まさ》に裳《しよう》を斂《おさ》めて宵逝《しようせい》すべしと。

尋程氏妹、喪二于武昌一。情在二駿奔一、自免去レ職。仲秋至レ冬、在官八十餘日。因レ事順レ心、命レ篇曰二歸去來兮一。乙巳歳十一月也。

尋《つ》いで程氏妹《ていしまい》、武昌《ぶしょう》に喪《みまか》る。情《じょう》は駿奔《しゅんぽん》に在《あ》り、自《みずか》ら免《めん》じて職《しょく》を去《さ》る。仲秋《ちゅうしゅう》より冬《ふゆ》に至《いた》るまで、官《かん》に在《あ》ること八《はち》十余《じゅうよ》日《にち》。事《こと》に因《よ》って心《こころ》に順《したが》い、篇《へん》に命《めい》じて『帰去来兮《ききょらいけい》』と曰《い》う。乙巳《いつし》の歳《とし》の十一月《じゅういちがつ》なり。

歸去來兮、田園將レ蕪胡不レ歸。既自以レ心爲二形役一、奚惆悵而獨悲。悟二已往之不一レ諫、知二來者之可一レ追。實迷レ塗其未レ遠、覺二今是而昨非一。舟搖搖以輕颺、風飄飄而吹レ衣。問二征夫一以二前路一、恨二晨光之熹微一。

帰去来兮《かえりなんいざ》、田園《でんえん》将《まさ》に蕪《あ》れなんとす　胡《なん》ぞ帰《かえ》らざる。既《すで》に自《みずか》ら心《こころ》を以《もっ》て形《からだ》の役《しもべ》と為《な》す、奚《なん》ぞ惆悵《ちゅうちょう》として独《ひと》り悲《かな》しむや。已往《いおう》の諫《いさ》むまじきを悟《さと》り、来者《らいしゃ》の追《お》う可《べ》きを知《し》る。実《まこと》に途《みち》に迷《まよ》うこと其《そ》れ未《いま》だ遠《とお》からず、今《いま》の是《ぜ》にして昨《さく》の非《ひ》なるを覚《さと》りぬ。舟《ふね》は遙遙《ようよう》として以《もっ》て軽《かる》く颺《あが》り、風《かぜ》は飄飄《ひょうひょう》として衣《ころも》を吹《ふ》く。征夫《せいふ》に問《と》うに前路《ぜんろ》を以《もっ》てし、晨《しん》光《こう》の熹微《きび》なるを恨《うら》む。

乃瞻二衡宇一、載欣載奔。僮僕懽迎、稚子候レ門。三逕就レ荒、松菊猶存。攜レ幼入レ室、有レ酒盈レ罇。引二壺觴一以自酌、眄二庭柯一以怡レ顏。倚二南窗一以寄傲、審二容レ膝之易一レ安。園日涉以成レ趣、門雖レ設而常關。策扶レ老以流憩、時矯レ首而游觀。雲無心以出レ岫、鳥倦レ飛而知レ還。景翳翳以將レ入、撫二孤松一而盤桓。

乃《すなわ》ち衡宇《こうう》を瞻《み》て、載《すなわ》ち欣《よろこ》び　載《すなわ》ち奔《はし》る。僮僕《どうぼく》は歓《よろこ》び迎《むか》え、稚子《ちし》は門《もん》に候《ま》つ。三径《さんけい》は荒《こう》に就《つ》き、松菊《しょうきく》は猶《な》お存《そん》せり。幼《よう》を携《たずさ》えて室《しっ》に入《い》れば、酒《さけ》有《あ》りて罇《たる》に盈《み》てり。壺觴《こしょう》を引《ひ》きて以《もっ》て自《みずか》ら酌《く》み、庭柯《ていか》を眄《み》て以《もっ》て顔《かお》を怡《よろこ》ばしむ。南窓《なんそう》に倚《よ》りて以《もっ》て寄傲《きごう》し、膝《ひざ》を容《い》るるの安《やす》んじ易《やす》きを審《つまびらか》にす。園《えん》は日《ひ》ゝ《び》に渉《わた》って以《もっ》て趣《おもむき》を成《な》し、門《もん》は設《もう》くと雖《いえど》も常《つね》に関《とざ》せり。策《つえ》きて老《ろう》を扶《たす》けて以《もっ》て流憩《りゅうけい》し、時《とき》に首《こうべ》を矯《あ》げて遐観《かかん》す。雲《くも》は無心《むしん》に以《もっ》て岫《みね》を出《い》で、鳥《とり》は飛《と》ぶに倦《あ》きて還《かえ》るを知《し》る。景《ひ》は翳翳《えいえい》として以《もっ》て将《まさ》に入《い》らんとし、孤松《こしょう》を撫《な》でて盤桓《ばんかん》す。

歸去來兮、請息レ交以絶レ游。世與レ我而相遺、復駕レ言兮焉求。悦二親戚之情話一、樂二琴書一以消レ憂。農人告レ余以二春及一、將レ有レ事レ于二西疇一。或命二巾車一、或棹二孤舟一。既窈窕以尋レ壑、亦崎嶇而經レ丘。木欣欣以向レ榮、泉涓涓而始流。善二萬物之得一レ時、感二吾生之行休一。

帰去来兮《かえりなんいざ》、請《こ》う交《まじ》わりを息《や》めて以《もっ》て遊《ゆう》を絶《た》たん。世《よ》と我《わ》れとは相遺《あいたが》えるに、復《ま》た言《こと》に駕《が》して焉《なに》をか求《もと》めんや。親戚《しんせき》の情話《じょうわ》を悦《よろこ》び、琴《きん》と書《しょ》とを楽《たの》しんで以《もっ》て憂《うれい》を消《け》さん。農人《のうじん》余《わ》れに告《つ》ぐるに春《はる》の及《およ》ぶを以《もっ》てし、将《まさ》に西疇《せいちゅう》に事有《ことあ》らんとす、と。或《あ》るいは巾車《きんしゃ》を命《めい》じ、或《あ》るいは孤舟《こしゅう》に棹《さお》さす。既《すで》に窈窕《ようちょう》として以《もっ》て壑《たに》を尋《たず》ね、亦《ま》た崎嶇《きく》として丘《おか》を経《ふ》。木《き》は欣欣《きんきん》として以《もっ》て栄《さか》ゆるに向《む》かい、泉《いずみ》は涓涓《けんけん》として始《はじ》めて流《なが》る。万物《ばんぶつ》の時《とき》を得《え》たるを善《よ》みして、吾《わ》が生《せい》の行ゝ休《ゆくゆくきゅう》せんとするを感《かん》ず。

已矣乎、寓二形宇内一復幾時。曷不三委レ心任二去留一、胡爲乎遑遑欲二何之一。富貴非二吾願一、帝鄕不レ可レ期。懷二良辰一以孤往、或植レ杖而耘耔。登二東皐一以舒嘯、臨二清流一而賦レ詩。聊乘レ化以歸レ盡、樂二夫天命一復奚疑。

已《や》ぬるかな、形《かたち》を宇内《うだい》に寓《ぐう》する　復《ま》た幾時《いくとき》ぞ。曷《なん》ぞ心《こころ》に委《ゆだ》ねて去留《きょりゅう》を任《まか》せざる、胡為《なんすれ》ぞ遑遑《こうこう》として何《いず》くに之《ゆ》かんと欲《ほっ》する。富貴《ふうき》は吾《わ》が願《ねが》いに非《あら》ず、帝郷《ていきょう》は期《き》す可《べ》からず。良辰《りょうしん》を懐《おも》うて以《もっ》て孤《ひと》り往《ゆ》き、或《ある》いは杖《つえ》を植《た》てて耘《うん》耔《し》す。東皐《とうこう》に登《のぼ》りて以《もっ》て舒《おもむろ》に嘯《うそぶ》き、清流《せいりゅう》に臨《のぞ》みて詩《し》を賦《ふ》す。聊《いささ》か化《か》に乗《じょう》じて以《もっ》て尽《つ》くるに帰《き》し、夫《か》の天命《てんめい》を楽《たの》しみて復《ま》た奚《なに》をか疑《うたが》わん。

(三)　歸ニ田園居一　六首（其一）　田園《でんえん》の居《きょ》に帰《かへ》る　六首《しゅ》（其一）

少無レ適俗韻一　少《わか》きより俗《ぞく》に適《かな》うの韻《しらべ》無《な》く、
性本愛ニ邱山一　性《せい》　本《も》と丘山《きゅうざん》を愛《あい》す。
誤落ニ塵網中一　誤《あやま》って塵網《じんもう》の中《うち》に落《お》ち、
一去三十年　一《ひと》たび去《さ》って三十年《さんじゅうねん》。
羇鳥戀ニ舊林一　羇鳥《きちょう》は旧林《きゅうりん》を恋《こ》い、
池魚思ニ故淵一　池魚《ちぎょ》は故淵《こえん》を思《おも》う。
開ニ荒南野際一　荒《こう》を南野《なんや》の際《さい》に開《ひら》かんとし、
守レ拙歸ニ園田一　拙《せつ》を守《まも》って園田《えんでん》に帰る。
方宅十餘畝　方宅《ほうたく》は十余《じゅうよ》畝《ほ》、
草屋八九間　草屋《そうおく》は八九間《はちくけん》。
楡柳蔭ニ後簷一　楡柳《ゆりゅう》　後簷《こうえん》を蔭《おお》い、
桃李羅ニ堂前一　桃李《とうり》　堂前《どうぜん》に羅《つら》なる。
曖曖遠人邨　曖曖《あいあい》たり　遠人《えんじん》の邨《むら》(村)、
依依墟里煙　依依《いい》たり　墟里《きょり》の煙《けむり》。
狗吠深巷中　狗《いぬ》は吠《ほ》ゆ　深巷《しんこう》の中《うち》、
雞鳴桑樹巓　鶏《とり》は鳴《な》く　桑樹《そうじゅ》の巓《いただき》。
戸庭無ニ塵雜一　戸庭《こてい》に塵雑《じんざつ》無《な》く、
虛室有ニ餘閒一　虚室《きょしつ》に余閑《よかん》有《あ》り。
久在ニ樊籠裏一　久《ひさ》しく樊籠《はんろう》の裏《うち》に在《あ》りしも、
復得レ返ニ自然一　復《ま》た自然《しぜん》に返《かえ》るを得《え》たり。

(四) 與子儼等疏　子儼等《こけんら》に与《あた》ふる疏《そ》

告ニ儼俟份佚佟一。天地賦レ命、生必有レ死。自レ古賢聖、誰能獨免。子夏有レ言、曰、「死生有レ命、富貴在レ天。」四友之人、親受ニ音旨一。發ニ斯談一者、將非下窮達不レ可ニ妄求一、壽夭永無ニ外請一故上耶。

儼《げん》・俟《し》・份《ふん》・佚《いつ》・佟《とう》に告《つ》ぐ。天地《てんち》の命《めい》を賦《ふ》するや、生《せい》あれば必《かなら》ず死有《しあ》り。古《いにしえ》より賢聖《けんせい》も、誰《たれ》か能《よ》く独《ひと》り免《まぬか》れん。子夏《しか》の言《い》える有《あ》り、曰《いわ》く、「死生《しせい》に命有《めいあ》り、富貴《ふうき》は天《てん》に在《あ》り」と。四友《しゆう》の人《ひと》、親《した》しく音旨《おんし》を受《う》く。斯《こ》の談《だん》を発《はっ》する者《もの》、将《は》た窮達《きゅうたつ》は妄《みだりに》求《もと》む可《べ》からず、寿夭《じゅよう》は永《なが》く外《そと》に請《こ》うこと無《な》き故《ゆえ》に非《あら》ずや。

吾年過ニ五十一。少而窮苦、毎以ニ家敝(弊)一東西游走。性剛才拙、與レ物多レ忤。自量レ爲レ己、必貽ニ俗患一。僶俛辭レ世、使ニ汝等幼而飢寒一。余、嘗感ニ孺仲賢妻之言一、「敗絮自擁。何慙ニ兒子一」此既一事矣。但恨鄰靡ニ二仲一、室無ニ萊婦一。抱ニ茲苦心一、良獨内愧。

吾《わ》れ年五十《としごじゅう》を過《す》ぐ。少《わか》くして窮苦《きゅうく》、毎《つね》に家《いえ》の弊《へい》せるを以《もっ》て東西《とうざい》に遊走《ゆうそう》す。性剛《せいごう》にして才《さい》は拙《せつ》、物《もの》と忤《たが》うこと多《おお》し。自《みずか》ら己《おの》れの為《ため》に量《はか》るに、必《かなら》ずや俗患《ぞくかん》を貽《のこ》さんと。僶俛《つとめ》て世《よ》を辞《じ》し、汝等《なんじら》をして幼《おさな》くして飢《う》え寒《こご》えしむ。余《よ》、嘗《かつ》て孺仲《じゅちゅう》の賢妻《けんさい》の言《げん》に感《かん》ず、「敗絮自《はいじょみずか》ら擁《よう》するも、何《なん》ぞ児子《じし》に慚《は》じんや」と。此《こ》れ既《すで》に一事《いちじ》なり。但《た》だ恨《うら》むらくは、隣《となり》に二仲《にちゅう》靡《な》く、室《しつ》に萊婦《らいふ》無《な》きを。茲《こ》の苦心《くしん》を抱《いだ》き、良《まこと》に独《ひと》り内《うち》に愧《は》ずるのみ。

少學ニ琴書一、偶愛ニ閒(閑)靜一。開レ卷有レ得、便(便)欣然忘レ食。見ニ樹木交レ陰、時鳥變レ聲、亦復懽然有レ

喜。常言、「五六月中、北窗下臥、遇二涼風暫至一、自謂「是羲皇上人」。意淺識罕、謂、斯言可レ保。日月遂往、機巧好疎。緬求二在昔一、眇然如何、病患以來、漸就二衰損一。親舊不レ遺、毎以二藥石一見レ救、自恐、大分將レ有レ限也。

少《わか》くして琴書《きんしょ》を学《まな》び、偶ゝ《たまたま》閑静《かんせい》を愛《あい》す。巻《かん》を開《ひら》いて得《う》ること有《あ》らば、便《すなわ》ち欣然《きんぜん》として食《しょく》を忘《わす》る。樹木《じゅもく》の蔭《かげ》を交《まじ》え、時鳥《じちょう》の声《こえ》を変《へん》ずるを見《み》れば、亦《ま》た復《ま》た歓然《かんぜん》として喜《よろこ》ぶ有《あ》り。常《つね》に言《い》えらく、「五六月中《ごろくがつちゅう》、北窓《ほくそう》の下《もと》に臥《ふ》し、涼風《りょうふう》の暫《にわ》かに至《いた》るに遇《あ》えば、自《みずか》ら謂《い》う「是《こ》れ羲皇上《ぎこうじょう》の人《ひと》なり」と。意浅《いあさ》く識罕《しきすくな》く、謂《おも》えらく、「斯《こ》の言《げん》保《たも》つ可《べ》し」と。日月《じつげつ》遂《つい》に往《ゆ》き、機巧《きこう》好《はなは》だ疏《すくな》し。緬《はる》かに在昔《そのかみ》を求《もと》むるも、眇然《びょうぜん》たるを如何《いかん》せん。疾患《しっかん》以来《いらい》、漸《ようや》く衰損《すいそん》に就《つ》く。親《しん》旧《きゅう》遺《わす》れず、毎《つね》に薬石《やくせき》を以《もっ》て救《すく》わるるも、自《みずか》ら恐《おそ》る、大分《たいぶん》将《まさ》に限《かぎ》り有《あ》らんとするを。

汝輩、稚小家貧、毎役二柴水之勞一、何時可レ免。念レ之在レ心、若何可レ言。然汝等雖レ不二同生一、當レ思二「四海皆兄弟」之義一。鮑叔管仲、分レ財無レ猜、歸生伍舉、班レ荊道レ舊、遂能以レ敗爲レ成、因レ喪立レ功。他人尚爾、況同父之人哉。

汝輩《なんじら》、稚小《ちしょう》にして家貧《いえまず》しく、毎《つね》に柴水《さいすい》の労《ろう》に役《えき》せられ、何《いず》れの時《とき》か免《まぬか》る可《べ》けん。之《こ》れを念《おも》うて心《こころ》に在《あ》り、若何《いかん》ぞ言《い》う可《べ》けん。然《しか》れども汝等《なんじら》は同生《どうせい》ならずと雖《いえど》も、当《まさ》に「四海皆《しかいみ》な兄弟《けいてい》」の義《ぎ》を思《おも》うべし。鮑叔《ほうしゅく》・管仲《かんちゅう》は、財《ざい》を分《わか》って猜《そね》むこと無《な》く、帰生《きせい》・伍挙《ごきょ》は、荊《いばら》を班《ひら》きて旧《きゅう》を道《い》い、遂《つい》に能《よ》く敗《はい》を以《もっ》て成《せい》と為《な》し、喪《そう》に因《よ》って功《こう》を立《た》てたり。他人《たにん》すら尚《な》お爾《しか》り、況《いわ》んや同父《どうふ》の人《ひと》をや。

潁川韓元長、漢末名士。身處ニ卿佐一、八十而終。兄弟同居、至レ于レ沒レ齒。濟北氾稚春、晉時操行人也。七世、同レ財、家人無ニ怨色一。詩曰、「高山仰止。景行行止。」雖レ不レ能レ爾、至心尙レ之。汝其愼哉。吾復何言。

潁川《えいせん》の韓元長《かんげんちょう》は、漢末《かんまつ》の名士《めいし》なり。身《み》は卿佐《けいさ》に処《お》り、八十《はちじゅう》にして終《お》わる。兄弟同居《けいていどうきょ》して、歯《よわい》を没《ぼっ》するに至《いた》りぬ。済北《せいほく》の氾稚春《はんちしゅん》は、晋《しん》の時《とき》の操行《そうこう》の人《ひと》なり。七世《しちせい》、財《ざい》を同《おな》じうし、家人《かじん》に怨色《えんしょく》無《な》かりき。詩《し》に曰《いわ》く、「高山《こうざん》を仰《あお》ぎ、景行《けいこう》を行《ゆ》く」と。爾《しか》する能《あた》わずと雖《いえど》も、至心《ししん》もて之《こ》れを尚《たっと》べよ。汝《なんじ》ら其《そ》れ慎《つつし》めよや。吾《わ》れ復《ま》た何《なに》をか言《い》わん。

(五) 飲酒　二十首幷序

飲酒《いんしゅ》　二十首《しゅ》幷《ならび》に序《じょ》

余閒(閑)居寡レ懽、兼此、夜已長。偶有ニ名酒一、無ニ夕不一レ飲。顧レ影獨盡、忽焉復醉。既醉之後、輒題ニ數句一自娯。紙墨遂多、辭無ニ詮次一。聊命ニ故人一書レ之、以爲ニ懽笑一爾。

余《わ》れ閑居《かんきょ》して歓《よろこ》び寡《すくな》く、兼《か》ねて此《このごろ》、夜《よる》已《すで》に長《なが》し。偶《たまたま》名酒《めいしゅ》有《あ》り、夕《ゆうべ》として飲《の》まざる無《な》し。影《かげ》を顧《かえり》みて独《ひと》り尽《つ》くし、忽焉《こつえん》として復《ま》た酔《よ》う。既《すで》に酔《よ》うの後《のち》は、輒《すなわ》ち数句《すうく》を題《だい》して自《みずか》ら娯《たの》しむ。紙墨《しぼく》遂《つい》に多《おお》く、辞《じ》に詮次《せんじ》無《な》し。聊《いささ》か故人《こじん》に命《めい》じて之《こ》れを書《しょ》せしめ、以《もっ》て歓笑《かんしょう》と為《な》さん爾《のみ》。

其五

結レ廬在ニ人境一　問レ君何能爾
而無ニ車馬喧一　心遠地自偏

其の五

廬《いおり》を結《むす》んで人境《じんきょう》に在《あ》り、　君《きみ》に問《と》う　何《なん》ぞ能《よ》く爾《しか》ると、
而《しか》も車馬《しゃば》の喧《かまびす》しき無《な》し。　心《こころとお》遠く地《ち》自《おのず》から偏《へん》なり。

採㆓菊東籬下㆒　菊《きく》を採《と》る　東籬《とうり》の下《もと》、
悠然見㆓南山㆒　悠然《ゆうぜん》として南山《なんざん》を見《み》る。
山氣日夕佳　山気《さんき》　日夕《にっせき》に佳《よ》し、
飛鳥相與還　飛鳥《ひちょう》　相与《あいとも》に還《かえ》る。
此中有㆓眞意㆒　此《こ》の中《うち》に真意《しんい》有《あ》り、
欲㆑辨已忘㆑言　弁《べん》ぜんと欲《ほっ》して已《すで》に言《げん》を忘《わす》る。
（六）漉酒巾　歸田園居六首（其五）　田園の居に帰る六首（其の五）

悵恨獨策還　悵恨《ちょうこん》して独《ひと》り策《つえ》つきて還《かえ》り、
崎嶇歷㆓榛曲㆒　崎嶇《くく》として榛曲《しんきょく》を歷《へ》たり。
澗水清且淺　澗水《かんすい》　清《きよ》く且《か》つ浅《あさ》く、
可㆔以濯㆓吾足㆒　以《もっ》て吾《わ》が足《あし》を濯《あら》う可《べ》し。
漉㆓我新熟酒㆒　我《わ》が新熟《しんじゅく》の酒《さけ》を漉《こ》し、
隻雞招㆓近屬㆒　隻鶏《せきけい》もて近属《きんぞく》を招《まね》く。
日入室中闇　日《ひ》入《い》りて室中《しっちゅう》闇《くら》く、
荊薪代㆓明燭㆒　荊薪《けいしん》もて明燭《めいしょく》に代《か》う。
歡來苦㆓夕短㆒　歓《よろこ》び来《きた》って夕《ゆうべ》の短《みじか》きに苦《くる》しみ、
已復至㆓天旭㆒　已《すで》にして復《ま》た天旭《てんきょく》に至《いた》る。
（六）漉酒巾　飲酒　二十首（其二十）　羲農去我久

1　羲農去㆑我久　羲農《ぎのう》　我《わ》れを去《さ》ること久《ひさ》しく、
2　擧㆑世少㆑復㆑眞　世《よ》を挙《あ》げて真《しん》に復《かえ》ること少《すく》なし。
3　汲汲魯中叟　汲　汲《きゅうきゅう》たり　魯中《ろちゅう》の叟《おきな》、
4　彌縫使㆓其淳㆒　弥縫《びほう》して其《そ》れを淳《じゅん》ならしむ。
5　鳳鳥雖㆑不㆑至　鳳鳥《ほうちょう》　至《いた》らずと雖《いえど》も、
6　禮樂暫得㆑新　礼楽《れいがく》　暫《しばら》く新《あたら》しきを得《え》たり。

7 洙泗輟二微響一
8 漂流逮二狂秦一
9 詩書復何罪
10 一朝成二灰塵一
11 區區諸老翁
12 爲レ事誠殷勤
13 如何絶世下

洙泗《しゅし》　微響《びきょう》を輟《や》め、
漂《ひょう》　流《りゅう》して狂秦《きょうしん》に逮《およ》ぶ。
詩書《ししょ》　復《ま》た何《なん》の罪《つみ》かあらん、
一朝《いっちょう》にして灰塵《かいじん》と成《な》れり。
区区《くく》たる諸老翁《しょろうおう》、
事《こと》を為《な》して誠《まこと》に殷勤《いんぎん》なり。
如何《いかん》せん　絶世《ぜっせい》の下《もと》、

14 六籍無二一親一
15 終日馳レ車走
16 不レ見二所レ問津一
17 若復不二快飮一
18 空負二頭上巾一
19 但恨多二謬誤一
20 君當レ恕二醉人一

六籍《りくせき》　一《いっ》の親《した》しむ無《な》きを。
終《しゅう》　日《じつ》　車《くるま》を馳《は》せて走《はし》るも、
問《と》う所《ところ》の津《しん》を見《み》ず。
若《も》し復《ま》た快《すみや》かに飲《の》まずんば、
空《むな》しく頭上《ずじょう》の巾《きん》に負《そむ》かん。
但《た》だ恨《うら》むらくは謬誤《びゅうご》多《おお》からん、
君《きみ》よ　当《まさ》に酔人《すいじん》を恕《ゆる》すべし。

（七）　九日閒(閑)居　幷序

九日閒居《きゅうじつかんきょ》　幷《ならび》に序《じょ》

余閒(閑)居、愛二重九之名一。秋菊盈レ園、而持醪靡レ由。空服二其華一、寄二懷於言一。

余《わ》れ間《かん》(閑)居《きょ》して、重《ちょう》　九《きゅう》の名《な》を愛《あい》す。秋菊《しゅうきく》は園《えん》に盈《み》つるも、而《しか》も醪《ろう》を持《じ》するに由靡《よしな》し。空《むな》しく其華《そのか》を服《ふく》して、懐《おも》いを言《げん》に寄《よ》するのみ。

世短意常多
世短《よみじか》くして　意《い》は常《つね》に多《おお》し、

露凄暄風息
露《つゆ》は凄《せい》として暄風《けんぷう》息《や》み、

斯人樂二久生一
斯《ここ》に　人《ひと》　久生《きゅうせい》を楽《よろこ》ぶ。

氣澈天象明
気《き》は澈《す》みて天象《てんしょう》明《あき》らかなり。

日月依レ辰至
日月《じつげつ》　辰《とき》に依《よ》って至《いた》れるに、

往燕無二遺影一
往燕《おうえん》　遺影《いえい》無《な》く、

擧レ俗愛二其名一
俗《ぞく》を挙《あ》げて其《そ》の名《な》を愛《あい》す。

來雁有二餘聲一
来雁《らいがん》　余声《よせい》有《あ》り。

酒能祛二百慮一　酒《さけ》は能《よ》く百慮《ひゃくりょ》を祓《はら》い、
菊爲制二頽齡一　菊《きく》は爲《これ》頽齢《たいれい》を制《せい》す。
如何蓬廬士　如何《いかん》ぞ　蓬廬《ほうろ》の士《し》、
空視二時運傾一　空《むな》しく時運《じうん》の傾《かたむ》くを視《み》るや。
塵爵恥二虚罍一　塵爵《じんしゃく》に虚罍《きょらい》を恥《は》じ、
寒華徒自榮　寒華《かんか》は徒《いたず》らに自《おのずか》ら栄《さか》ゆ。
斂レ襟獨閒謠　襟《えり》を斂《おさ》めて独《ひと》り閒《しず》かに謡《うた》えば、
緬焉起二深情一　緬焉《めんえん》として深情《しんじょう》起《お》こる。
棲遲固多レ娯　棲遅《せいち》　固《もと》より娯《たの》しみ多《おお》く、
淹留豈無レ成　淹留《えんりゅう》　豈《あ》に成《な》る無《な》からんや。

（八）桃花源記　幷詩　桃花源《とうかげん》の記《き》　幷《なら》びに詩《し》

晉太元中、武陵人、捕レ魚爲レ業。（漁人姓黄名道眞）縁レ溪行、忘二路之遠近一。忽逢二桃花林一、夾レ岸數百歩、中無二雜樹一、芳艸鮮美、落英繽紛。漁人甚異レ之。復前行欲レ窮二其林一。

晋《しん》の太元中《たいげんちゅう》、武陵《ぶりょう》の人《ひと》、魚《うお》を捕《と》うるを業《ぎょう》と為《な》す。（漁人、姓は黄、名は道真）渓《けい》に縁《そ》うて行《ゆ》き、路《みち》の遠近《えんきん》を忘《わす》る。忽《たちま》ち桃花《とうか》の林《はやし》に逢《あ》う、岸《きし》を夾《はさ》むこと数百歩《すうひゃくほ》、中《なか》に雑樹《ざつじゅ》無《な》く、芳華鮮美《ほうかせんび》にして、落英繽紛《らくえいひんぷん》たり。漁人《ぎょじん》甚《はなは》だ之《こ》れを異《あや》しむ。復《ま》た前《すす》み行《ゆ》きて、其《そ》の林《はやし》を窮《きわ》めんと欲《ほっ》す。

林盡二水源一、傁（便）得二一山一。山有二小口一、髣髴若レ有レ光。傁（便）捨レ船從レ口入。初極狹、纔通レ人。復行數十歩、豁然開朗。土地平曠、屋舍儼然。有二良田、美池、桑竹之屬一。阡陌交通、雞鷄犬相聞。其中往來種作。男女衣著、悉如二外人一。黄髪・垂髫。竝怡然自樂。

林《はやし》は水源《すいげん》に尽《つ》き、便《すなわ》ち一山《いちざん》を得《え》たり。山《やま》に小口《しょうこう》有《あ》り、髣髴《ほうふつ》として光《ひかり》有《あ》るが若《ごと》し。便《すなわ》ち船《ふね》を捨《す》てて口《くち》より入《い》る。初《はじめ》は極《きわ》めて狭《せま》く、纔《わず》かに人《ひと》を通《とお》すのみ。復《ま》た行《ゆ》くこと数十歩《すうじっぽ》、豁然《かつぜん》として開朗《かいろう》なり。土地《とち》は平曠《へいこう》にして、屋舎《おくしゃ》は儼然《げんぜん》たり。良田《りょうでん》、美池《びち》、桑竹《そうちく》の属《たぐい》有《あ》り。阡陌《せんぱく》交《まじわ》り通《つう》じ、鶏犬《けいけん》相聞《あいき》こゆ。其《そ》の中《なか》に往来《おうらい》し種作《しゅさく》す。男女《だんじょ》の衣著《いちゃく》は、悉《ことごと》く外人《がいじん》の如《ごと》し。黄髪《こうはつ》・垂髫《すいちょう》。並《なら》びに怡然《いぜん》として自《みずか》ら楽《たの》しめり。

見㆓漁人㆒乃大驚、問㆑所㆓從來㆒。具答㆑之。便(便)要還㆑家、設㆑酒殺㆑雞作㆑食。村中聞㆑有㆓此人㆒、咸來問訊。自云、「先世避㆓秦時亂㆒、率㆓妻子邑人㆒、來㆓此絶境㆒、不㆓復出㆒焉、遂與㆓外人間隔㆒」。問「今何世」。乃不㆑知㆑有㆑漢、無㆑論㆓魏晉㆒。此人、一一爲具言㆑所㆑聞、皆歎惋。餘人、各復延至㆓其家㆒、皆出㆓酒食㆒。停數日辭去。此中人語云、「不㆑足㆘爲㆓外人㆒道㆖也」。

漁人《ぎょじん》を見《み》て、乃《すなわ》ち大《おお》いに驚《おどろ》き、従《よ》って来《きた》る所《ところ》を問《と》う。具《つぶ》さに之《こ》れに答《こた》う。便《すなわ》ち要《むか》えて家《いえ》に還《かえ》り、酒《さけ》を設《もう》け、鶏《とり》を殺《ころ》して食《しょく》を作《つく》る。村中《そんちゅう》、此《こ》の人《ひと》有《あ》るを聞《き》き、咸来《みなきた》りて問訊《もんじん》す。自《みずか》ら云《い》う、「先世《せんせい》、秦《しん》の時《とき》の乱《らん》を避《さ》け、妻子《さいし》・邑人《ゆうじん》を率《ひき》いて此《こ》の絶境《ぜっきょう》に来《きた》り、復《ま》た焉《ここ》より出《い》でず、遂《つい》に外人《がいじん》と間隔《かんかく》せり」と。問《と》う「今《いま》は何《なん》の世《よ》ぞ」と。乃《すなわ》ち漢《かん》の有《あ》るをすら知《し》らず、魏《ぎ》・晋《しん》は論《い》うまでも無《な》し。此《こ》の人《ひと》、一一為《いちいちため》に具《つぶ》さに聞《き》ける所《ところ》を言《い》うに、皆歎惋《みなたんわん》す。余人《よじん》、各ゝ《おのおの》復《ま》た延《まね》きて其《そ》の家《いえ》に至《いた》らしめ、皆酒食《みなしゅし》を出《いだ》す。停《とど》まること数日《すうじつ》にして、辞《じ》し去《さ》る。此《こ》の中《なか》の人語《ひとつ》げて云《いわ》く、「外人《がいじん》の為《ため》に道《い》うに足《た》らざるなり」と。

既出得㆓其船㆒、便(便)扶㆓向路㆒、處處誌㆑之。及㆓郡下㆒、詣㆓太守㆒説如㆑此。（太守劉歆）太守卽遣㆑人隨㆓其往㆒、尋ニ向所レ誌、遂迷不ニ復得一レ路。
既《すで》にして出《い》づるや、其《そ》の船《ふね》を得《え》て、便《すなわ》ち向《さき》の路《みち》に扶《そ》い、処処《しょしょ》に之《こ》れを誌《しる》す。郡下《ぐんか》に及《およ》び、太守《たいしゅ》に詣《いた》りて説《と》くこと此《かく》の如《ごと》し。（太守劉歆）太守《たいしゅ》即《すなわ》ち人《ひと》を遣《つかわ》して其《そ》の往《ゆ》くに随《したが》い、向《さき》に誌《しる》せし所《ところ》を尋《たず》ねしむるも、遂《つい》に迷《まよ》いて復《ま》た路《みち》を得《え》ず。

南陽劉子驥、高尚士也、聞レ之欣然親（規）レ往、未レ果尋病終。後遂無ニ問レ津者一。
南陽《なんよう》の劉子驥《りゅうしき》は、高尚《こうしょう》の士《し》なり。之《こ》れを聞《き》き、欣然《きんぜん》として親《みずか》ら往《ゆ》く（往《ゆ》かんと規《はか》りしも）、未《いま》だ果《は》たさざるに、尋《つ》いで病《や》みて終《おわ》りぬ。後遂《のちつい》に津《しん》を問《と》う者《もの》無《な》し。

嬴氏亂ニ天紀一　嬴氏《えいし》　天紀《てんき》を乱《みだ》して、
賢者避ニ其世一　賢者《けんじゃ》　其《そ》の世《よ》を避《さ》く。
黄綺之ニ商山一　黄綺《こうき》は商山《しょうざん》に之《ゆ》き、
伊人亦云逝　伊《こ》の人《ひと》も亦《ま》た云《ここ》に逝《ゆ》く。
往迹浸復湮　往跡《おうせき》　浸《ようや》く復《ま》た湮《うずも》れて、
來逕遂蕪廢　来逕《らいけい》　遂《つい》に蕪廃《ぶはい》す。
相命肆ニ農畊一（耕）　相命《あいめい》じて農耕《のうこう》に肆《つと》め、
日入從レ所レ憩　日《ひ》入《い》りて憩《いこ》う所《ところ》に従《したが》う。

桑竹垂ニ餘蔭一　桑竹《そうちく》　余蔭《よいん》を垂《た》れ、
菽稷隨レ時藝　菽稷《しゅくしょく》　時《とき》に随《したが》って芸《う》う。
春蠶收ニ長絲一　春蚕《しゅんさん》　長糸《ちょうし》を収《おさ》め、
秋熟靡ニ王稅一　秋熟《しゅうじゅく》　王税《おうぜい》靡《な》し。
荒路曖交通　荒路《こうろ》　曖《あい》として交《まじわ》り通《つう》じ、
鷄犬互鳴吠　鶏犬《けいけん》　互《たが》いに鳴吠《めいべい》す。
俎豆猶古法　俎豆《そとう》は猶《な》お古法《こほう》にして、
衣裳無ニ新製一　衣裳《いしょう》に新製《しんせい》無《な》し。

童孺縱行歌
斑白懽游詣
草榮識二節和一
木衰知二風厲一
雖レ無二紀曆誌一
四時自成レ歳
怡然有レ餘樂一
於レ何勞二智慧一

童孺《どうじゅ》は縦《ほしいまま》に行〻《ゆくゆく》歌《うた》い、
斑白《はんぱく》は歓《よろこ》んで遊《あそ》び詣《いた》る。
草《くさ》栄《さか》えて節《せつ》の和《わ》するを識《し》り、
木《き》衰《おとろ》えて風《かぜ》の厲《はげ》しきを知《し》る。
紀暦《きれき》の誌《し》無《な》しと雖《いえど》も、
四時《しじ》自《おのずか》ら歳《とし》を成《な》す。
怡然《いぜん》として余楽《よらく》有《あ》り、
何《なに》に於《お》いてか智慧《ちえ》を労《わずらわ》さん。

奇蹤隱五百
一朝敞二神界一
淳薄既異レ源
旋復還二幽蔽一
借問游方士
焉測二塵囂外一
願言躡二輕風一
高擧尋二吾契一

奇蹤《きしょう》　隠《かく》れること五百《ごひゃく》、
一朝《いっちょう》にして神界《しんかい》敞《ひら》く。
淳薄《じゅんはく》　既《すで》に源《みなもと》を異《こと》にす、
旋《たちま》ち復《ま》た幽蔽《ゆうへい》に還《かえ》れり。
借問《しゃもん》す　方《ほう》に遊《あそ》ぶ士《し》よ、
焉《いずく》んぞ塵囂《じんごう》の外《ほか》を測《はか》らん。
願《ねが》わくは言《こと》に軽風《けいふう》を躡《ふ》み、
高《たか》くて挙《あが》りて吾《わ》が契《けい》を尋《たず》ねん。

本文は『淵明・王維全詩集』「續國譯漢文大成」本による。

第三部　附録

「靜古山莊記」（松平春嶽作）と注釈

春嶽遺稿　巻一　二十丁～二十一丁

靜古山莊記

今茲癸亥之春。予辭政事總裁。歸於越前州。思往年之繁務。喜今日之幽閒。樂其所樂。憂其所憂。而消日月而已。豈有他乎。其所樂者。則庭樹蒼蒼池水涓涓。伴鳥吟而賦詩。聞松韵而讀書。方雨斜花開之日。則煎茶而談道。方月白風清之夜。則酌酒而論心。其樂莫尙焉。其所憂者。則陰霖漠漠積雪壓檐。與或玩妓或爲長夜宴。或羅八珍或衣錦繡。或大醉或玩物。凡不遠慮而流蕩紊俗之類也。余所樂則雅致。余所憂則塵凡。然余不以雅致勸人。亦觀人塵凡。度外之。各任其所好。何敢擯排之乎。偶矢島剛來問安。余以所樂所憂告於彼。彼莞爾

而笑。稱奇又稱妙。彼又白。執政本多某。近歲築山莊乎
石谿丹巖洞南。孝顯寺僧雪爪。名之曰靜古。葢取山靜
似太古之句焉。某自公之暇。屢休息於此。右覽左眺。愛
山川之風光。頗樂風雅矣。余夫雖未知靜古之意。請姑
以余解之曰。萬物有變遷。人民有盛衰。無盛衰變遷者。
則山川而已。然川有時乎變遷。與古不同。唯山則萬古
不易。故常靜而巍巍乎聳雲外。此所以名靜古乎。汝屢
携吟杖游於此。遠眺而慰思。仰觀乎山嶽之靈秀。愛其
厚重不遷。俯瞰乎川流之淸潔。愛其周流無滯。風景之
美仁智之樂。皆鍾於此。他日余得蒙寬典。則速到於此。
縱觀封内山川風物之美。重爲汝賦之。是記聊爲他日
之地云。于時新綠蓊欝池水澄淸。神情殊快然。

靜古山莊記

松平春嶽

【書き下し文】

今茲癸亥の春、予政事総裁を辞し、越前州に帰る。往年の繁務を思ひ、今日の幽間を喜ぶ。その楽しむ所を楽しみ、その憂ふる所を憂ふ。しかして日月を消さんのみ。あに他有らんや。その楽しむ所の者とは、則ち庭樹の蒼蒼、池水の涓涓、鳥吟に伴いて詩を賦し、松韻を聞きて書を読む。まさに雨斜に花開くの日には、則ち茶を煎じて道を談じ、まさに月白く風清き夜には、則ち酒を酌みて心を論ず。その楽しみ焉より尚きは莫し。その憂ふる所の者とは、則ち陰霖の漠漠、積雪の檐を圧するなど。或ひは妓と玩れ、或ひは長夜の宴を為し、或ひは八珍を羅べ、或ひは錦繡を衣る。或ひは大酔し、或ひは物を玩ぶと、凡そ遠慮せずして流蕩案俗するの類なり。余の楽しむ所は則ち雅致なり。余の憂ふる所は則ち塵凡なり。然れども余は雅致を以て人に勧めず。、亦た人の塵凡を観て、之を度外す。各々その好む所に任す。何ぞ敢えて之を擯排せんや。偶々矢島剛来たり安を問ふ。余楽しむ所憂ふる所を以て彼に告ぐ。彼は莞爾として笑ひ、奇と称し又妙と称す。彼又白す、執政本多某は、近歳山荘を石谿の丹巌洞の南に築き、孝顕寺の僧雪爪、之に名づけて曰はく静古と。蓋し山静かにして太古に似たるより取りし句ならん。某自ら公の暇に、屢々此に休息す。右に覧、左に眺め、山川の風光を愛し、頗る風雅を楽しむ。余は夫れ未だ静古の意を知らずと雖も、請ふ姑く以て余之を解せん。曰はく、万物には変遷有り、人民には盛衰有り。盛衰変遷無き者は、則ち山川のみ。然れども川も時有りてか変遷し、古と同じからず。唯山は万古より易はらず。故に常に静かにして巍巍として雲外に聳ゆ。此の所より以て静古と名づくるか。汝屢々吟杖を携へて此に遊び、遠く眺めて思ひを慰む。仰いでは山岳の霊秀を観、其の厚く重く遷らざるを愛す。俯しては川流の清潔を瞰て、その周流して滞る無きを愛す。風景の美、仁智の楽しみは、皆此に鍾る。他日余は「蒙寛の典」を得て、則ち速やかに此に到り、封内の山川風物の美を縦《ほしいまま》に観、重ねて汝の為に之を賦さん。是の記は聊く他日の地と為す、云ふ。時に新緑は蓊鬱池水は澄清にして、神情は殊に快然たり。

【通釈】

今年（文久三年・一八六三年）春、私は（あらかじめ）政事総裁を辞任し越前の国（福井）に帰ってきた。昔の煩わしく忙しい務めを思うと、今日の静かなことは喜ばしい。そして、楽しむべきことは楽しみ、心配すべきことは心配する。そうして月日を過ごしたいだけだ。どうして他のことなどあろうか（無い）。その楽しむこととは、庭の木の青々と茂っていること、池の水がちょろちょろと流れるさま、鳥のさえずりに合わせて詩を詠み、松風の音を聞いて読書をすることだ。ちょうど雨が斜めに降り注ぎ、花が咲く日には、茶を煎じて（人の）道について話し合い、月が白く輝き、風が涼しい夜には、酒を酌み交わして（人の）心のありようについて語り合う。この楽しみはこれにまさるものはない。その心配することとは、長雨が続き薄暗いこと、積もった雪が屋根の軒を圧倒していることなどである。ある者は芸者と遊び、ある者は永い夜夜通し酒宴を張り、ある者は贅沢な料理をならべ、ある者は立派な衣服を着る。ある者はひどく酔い、ある者は骨董に凝ると、すべて遠く先々のことを考えるなどということはしないで、ふらふらと風俗を乱しているような種類のことである。私が楽しむことは風流な趣である。心配していることは埃まみれの凡人のすることである。しかし、私は、風流な趣を他人には勧めない。また、他人の埃まみれの凡人のすることを見て、これは思慮の外に置くことにする。人間それぞれの好むままに任す。むりにこれを排斥するか、そんなことはしない。そのようなときに、偶然矢島剛がご機嫌伺いに訪ねて来た。私は、楽しむこと、心配することを彼に話した。彼はにっこり笑い、それは奇特な、また巧妙なことです、という。彼はまた家老の本多某様は、近年山荘を谷川のそばにある丹巌洞の南に建築し、孝顕寺の雪爪禅師が、これに名前をつけて「静古」といいます。思いますに、「山は静かで太古の世界に似ている」というところから取った句でしょう。某様はご自分から公務の暇なときに、度々ここで休息されます。左右を覧たり、眺めたり、山川の景色を観賞し、たいそう優美な趣を楽しまれています。私は、そもそもまだ「静古」の意味は知らないけれども、仮に一時私にこれを解釈させてくれ、言おう。万物には移りかわりがある。国民にも盛んになったり衰えたりすることがある。盛衰変化がないものは、山川だけである。けれども川も時間が経つと変わったり移ったりして、昔と同じではない。唯山だけは永久の昔から変化しない。だからいつも静かで、おごそかで威厳のあるさまで雲の上にまで聳えている。こういうことから、「静古」と名づけたか。お前はたびたび杖をつきここに遊びに行き、遠くを眺めて心を慰める。山岳のすぐれた様子を仰ぎ見、その山の厚く重く移らない様を愛している。見下ろして川の流れのよごれのない美しさを見わたし、その回り流れて渋滞しない様を好んでいる。風景の美しさ山を眺める楽しみは、みなここに集まっている。いつの日にか、私は「蒙寛の典」を手に入れたら、すぐにここに来て、領内の山川風物の美を思うままに観覧し、重ねてお前の為にこれを作品に詠もう。この記はしばらく何時の日にか（本格的に書くため）の下地（準備）としょうと言ったのである。この時、新緑は盛んに茂り池の水は清く澄み、（私の）心持ちは特に快適であった。

【語釈】

＊「靜古山莊記」は『春嶽遺稿』巻一所収の文章による。

○今茲―今年。○癸亥―一八六三年、文久三年（徳川家茂）○予―「私は」。「あらかじめ」とも。

○政事総裁職―一八六二年、内外の政務について将軍を補佐するために設けた職。初代総裁は松平慶永（春嶽）、同年七月より翌年三月頃まで。春嶽三十五〜三十六歳。○越前州―旧国名の一つ。ほぼ福井県の中・北部に相当。古名、こしのみちのくち。州は近世以前の日本で国の通称。越前州は越前の国。○往年―過ぎ去った昔。○繁務―わずらわしく忙しいつとめ。○幽閒―奥深くものしずかなこと・さま。○蒼蒼―空・海などが青いさま。草木が茂っているさま。○涓涓―小川などの水の細く流れるさま。ちょろちょろ。○鳥吟―鳥の鳴き声、鳥のさえずり。○松韻―松風の音。松籟。○陰霖―長く降り続く雨。ながあめ。○漠漠―はてしないさま。雲などの一面に覆うさま。薄暗いさま。○八珍―八種の御馳走。贅沢な料理。○錦繡―①錦と刺繡をした織物。②美しい織物。立派な衣服。③美しい紅や花をたとえていう。④うるわしい字句の詩文のたとえ。○流蕩―流れ動く、ゆらぐ。○紊俗―風俗を乱す。紊＝糸がもつれて乱れる、乱すの意。○雅致―風流な趣。雅趣。○塵凡―ほこりにまみれた凡人の意か。○度外―法度の外。範囲の外。考えの外。○擯排―擯は機嫌をうかがうこと。排はおしのける、しりぞける。○問安―目上の人の安否をたずねること。

○丹巌洞―福井市の足羽山の西山麓にあたる加茂河原町にあり、静かな森に包まれている。別称「赤岩」という。弘化三年（一八四六）、医師山本瑞庵がこの地に小庵を結んだのが始まりである。幕末維新に活躍した志士たちが謀議の場としたことでも知られる。ここを訪れた遊客には、横井小楠・橋本左内・小原鉄心・佐々木弘綱ら福井内外の多彩な人物がいる。
○近歳—近年。○風光—自然の美しい眺め。景色。○風雅—上品で優美な趣や味わいのあること。俗でなくみやびていること。そのさま。○姑—しばらく（且）。一時、かりそめ（苟）。○変遷—時間の経過に伴って移り変わること。移りかわり。○盛衰—さかんになったりおとろえたりすること。○巍巍—①高く大きいさま。②おごそかで威厳のあるさま。○雲外—雲の上。きわめて遠いところ。○吟杖—詩人が持って歩く杖。○霊秀—きわめてすぐれている。＝秀霊。○清潔—①よごれのないこと。きれいなこと。そのさま。②人格や生活態度などが正しくきれいであること。
○周流—①水などが回り流れること。②めぐりあるくこと。
○仁智楽—「論語」雍也篇の「知者楽水、仁者楽山」を踏まえる。「知者は水を楽しみ・仁者は山を楽しむ。（古語）」（『論語』平岡武夫著。集英社）「知者（賢人）は川にほれぼれするが、仁者（聖人）は山にほれぼれする。」（『論語』全訳注—加地伸行著。講談社学術文庫）。
○鍾—（ショウ）あつめる。あつまる。○蒙寛典—蒙＝道理に暗いのを、寛＝ゆるやか　にし広げる、典＝作法、きまりの意か？○封内—領土のうち。領内。ほうだい。○他日—①いつか別の日。②過ぎ去った日。○地—きじ。書画・図案・染色などの下地。ここは草稿（文章の下書き・原稿）の意味であろう。○蓊鬱—草や木が盛んに茂っているさま。○澄清—①すんで清いこと。②世の中が清らかで平穏に治まっていること。○神情—心持ち。心情。上の句の新緑と池水の様子のことを「神情」といっているとも考えられる。○快然—①心地よいさま。気がかりのないさま。②病気がすっかりよくなるさま。
（人名）
○矢島剛—矢島立軒・やじまりっけん。文政九年（一八二六）～明治四年（一八七一）四十六歳。漢学者・福井藩儒。

福井藩士矢島俊吉の二男。名は剛。字は毅侯。幼年期より学を好み、文に親しみ、はじめ崎門（闇斎）学派の吉田東篁に学び、長じて江戸に遊学して安積艮斎《あさかごんさい》に入門する。この間、文を塩谷宕陰・藤森天山らに学ぶ。帰郷後、福井藩に出仕し、安政三年（一八五六）明道館講師、幹事となり、翌年助教、ついで藩主松平慶永の侍講となる。明治二年（一八六九）明新館が開校すると教授となり、翌三年に明新館一等教授となるも、同年病気となり、立軒は家人を召し、自己の履歴を口述し、後事を託して三日後の十月二三日に死去した。藩主が福井藩学の元祖として吉田東篁、矢島立軒、橋本左内の三人を挙げている。（『歴史人物事典』一〇六・一〇七頁）

なお、著作に『立軒存稿』（上・中・下巻）があり、漢文百三十六篇を収めている。また、福井市の足羽山に「矢島立軒之墓」がある。

○孝顕寺僧雪爪―○雪爪老禅―鴻雪爪・おおとりせっそう（一八一四～一九〇四）宗教家。孝顕寺住職。大教院長。文化一一年備後国（広島県）因島に生まれた。六歳のとき岩見国（島根県）津和野の大定院で出家。安政五年（一八五八）藩主松平慶永の招待に応じ、福井市の曹洞宗孝顕寺住職となる。藩主・藩老をはじめ中根雪江・長谷部甚平・由利公正らが来訪、国事や詩文の教説を受けた。慶応三年（一八六七）彦根市清涼寺に転出。由利の「五か条の御誓文」や由利と小原による太政官札発行も雪爪の指導によるという。慶永の推挙で宗教問題解決のため政府に出仕、還俗し鴻雪爪と名乗り、排仏・排キリスト論に反撃、僧の肉食妻帯、青年僧の教育、仏教・神道の国教化等に努力するなど初代大教院院長として宗教界の改革に貢献した。彼の薫陶を受けた明治維新期の指導者は実に多い。（『歴史人物事典』一一四・一一五頁）

なお、著作に『山高水長図記』（上・中・下三巻）がある。

○執政本多某―家老、本多修理。前出。「吉田東篁先生傳」参照。

「靜古山莊雅集記」（松平春嶽作）と注釈

春嶽遺稿　巻一　二十五丁〜二十六丁

靜古山莊雅集記

嗚呼快哉今日之集也。一帶羽川數里桃花。盡十分烟景。而有絕塵之趣。會者亦皆秀發。而有脫俗之致。實不爲塵世之想也。其懷雙手而不飲酒。咳唾吐玉而倚柱者爲中雪江。大笑而語傍爐畔樂唱酬者爲矢立軒。捉筆書詩畏縮而危坐者爲富鷗波。仰吟余詩俯而推敲者爲大怡齋。靜觀古人佳什者爲青碧處。周旋其間執杯撫頂者爲牛南陽。賜肴於坐客侍坐余前者爲香甘谷。吟詩飲酒或與余談韻事者爲鈴蓼處。右手披類腋（韻書名）左手傾酒杯者爲主人復齋。居其側雲鬟翠飾。自然有富貴風韻者爲復齋妻。手執菓而食者爲復齋小女。溫潤端正默而坐者爲復齋男。笑而傾盞頻勸酬酢者爲長鷗客。袈裟而結趺者爲雪爪老禪夫。此日也松籟鳴琴。雨聲鼓瑟。乍陰乍晴山態變幻。風光亦異趣。人間樂事至此無窮。嗚呼脫名利域。而遊此山莊者。自東郭先生而下凡幾十人。南宮所謂文章議論好古多聞。雄毫絶俗之資。高僧羽流之傑。卓然高致者。謂此等輩乎。有遊無記不傳後世。余故擬南宮作此記。慶應丙寅二月二十五日。東郭逸人

靜古山荘雅集記

松平春嶽

【書き下し文】

嗚呼快よきかな今日の集いや。一帯の羽川数里の桃花、十分を尽くすの煙景、而して絶塵の趣有り。会する者も亦皆秀なり。而して脱俗の致有り。実に塵世の想を為さざるなり。其の双手を懐にして酒を飲まず。咳唾吐玉して柱に倚る者は中雪江と為す。大笑して語り傍らの炉畔にて唱酬を楽しむ者は矢立軒と為す。筆を捉り詩を書き畏縮して危坐する者は、富欧波と為す。仰いで余が詩を吟じ、俯して推敲する者は大怡斎と為す。古人の佳什を静観する者は青処と為す。其の間を周旋し、杯を執り項を撫づる者は半南陽と為す。肴を坐客に賜ひ余が前に侍坐する者は香甘谷と為す。詩を吟じ酒を飲み或ひは余と韻事を談ずる者は鈴蓼処と為す。右手もて類腋（韻書名）を披き左手もて酒杯を傾く者は主人の復斎と為す。其の側らに居り雲鬟翠飾、自然にして富貴の風韻有る者は復斎の妻と為す。手に菓を執り食する者は復斎の小女と為す。温潤端正黙して坐する者は復斎の男と為す。笑ひて盃を傾け頻りに酬酢を勧むる者は長鷗客と為す。袈裟にして結趺の者は雪爪老禅夫と為す。此の日や、松籟鳴琴、雨声鼓瑟、陰り乍ら晴れ乍ら山態変幻、風光も亦た異趣、人間の楽事此に至り窮まり無し。嗚呼名利の域を脱す。而して此の山荘に遊ぶ者は、東郭先生より下凡そ幾十人。南宮の所謂文章議論好古多聞、雄豪絶俗の資、高僧羽流の傑、卓然高致の者とは、此等の輩を謂ふか。遊有りて記無くば後世に伝はらず。余故に南宮に擬し此の記を作る。慶応丙寅二月二十五日。東郭逸人。

【通釈】

ああ、気持の好いことだなあ、今日の集まりは。一本の帯のような足羽川南岸一帯数里の桃の花。まるで霞がかかったようなすばらしい景色だ。俗世間とはかけ離れたような雰囲気がある。集まった者も、才知・容貌のすぐれた者たちだ。俗気を離れた趣がある。実にこの世のことは思えない。両手を懐に入れて酒を飲まず、咳や唾のように吐く一言一句がみな珠玉のように美しく、柱により掛かっているのは中雪江である。大声で笑い語り側の炉端で、詩の唱和を楽しんでいるのは矢立軒である。筆を持ち詩を書きかしこまって正座しているのは富欧波である。仰いで自分の詩を声に出してうたい、俯いて練っているのは大怡斎である。昔の人のすぐれた作品を静かに見つめているのは青碧処である。その間を世話をして歩き、杯を持ち自分の首筋を撫でているのは、半南陽である。（酒の）肴を座っている客にくれて私の前に控えて座っているのは香甘谷である。詩を口ずさみ酒を飲みあるいは私と風流な事などを語るのは鈴蓼処である。右手で韻書「類腋」を開き、左手で盃を傾けているのは主人の復斎である。その側にいて見事な黒髪に翠色の髪飾りをして、自然に富貴の雅趣があるのは復斎の妻君である。手に菓子を持って食べているのは復斎の（娘）少女である。やさしく容姿がきれいで立派な態度で黙って座っているのは復斎の息子である。笑って盃を傾けしきりに主人と応対するのは長鷗客である。袈裟をかけ足を組んで座っているのは雪爪老禅師である。そもそもこの日は、松風は琴の音で、雨音は鼓、大琴の音のようであり、曇ったり、晴れたり、山の様子は素早く変化する。景色もまた味わいがある。

人間世界の楽しいことはここにきて無限である。ああ、（俗世の）名誉や利益の世界から抜け出ている。そして、この山荘に遊ぶ者は、東郭先生より以下、数十人である。南宮のいわゆる文章、議論、古を好むこと、多聞のこと、脱俗の豪傑、高僧のすがた、とびぬけて高い境地の者とは、これらの諸君を言うのであろうか、雅やかな遊びが行われても、記録がなければ、後世には伝わらない。私はそこで南宮に擬えてこの静古山雅集記を作ったのである。慶応丙寅二月二十五日、東郭逸人。

【語釈】

「靜古山荘雅集記」は『春嶽遺稿』巻一所収の文章による。

○静古山荘―本多修理の別荘。本多修理は前出。「吉田東篁先生伝」参照。

○雅集記―文人墨客の風流の集りの記録。○一帯羽川―一本の帯（おび）のような足羽川。○桃花―「足羽川の南岸長さ十丁許岸に桃林にて、花盛の時節は武陵桃源もかくやと思はれて尤も美観たり」と『越前国名蹟考』にも記載がある。文人墨客が集い、作品なども作った。○烟景―霞のかかった春景色。○絶塵之趣―世間との縁を切ること、絶俗、その雰囲気。○秀発―才知・容姿などが他にぬきんでてすぐれていること。○脱俗之致―世俗の名利を超越する。俗気を離れること。出俗。○塵世之想―けがれている世。この世。俗世。○咳唾―①せきとつばき。②談論〔荘子・漁父〕幸い咳唾の音を聞く。「咳唾珠を成す」①せきやつばでさえみな珠玉になる。権勢がさかんで言論のとうとばれること。〔趙壱・賦〕②一言一句がみな珠玉のようにうつくしい。詩文の才の豊かなこと。〔李白・詩〕（同）欬唾凝珠（がいだたまをこらす）咳唾吐玉―は趙壱や李白の作品を踏まえる。○唱酬―詩歌・文章を互いに贈答すること。唱和。○畏縮―畏縮畏れかしこまって自由にふるまえず、身体や気持が小さくなること。○危坐―（危は高くするの意味）かしこまって座ること。端座。正座。○推敲―詩文を作るとき、最適の字句や表現を求めて考え練り上げること。○静観—積極的な行動をあえてせずに、物事を見守ること。○古人佳什—昔の人のすぐれた詩文。○周旋—売買や雇用などの交渉で、仲に立って世話をすること。なかだち。斡旋。○撫頂—頂（うなじ）首の後の部分、えりくび、を撫でる。○侍坐—貴人のかたわらに控えて座ること。○韻事—詩文を作るなど、風流な事柄。○類腋（韻書名）—天部八巻、地部十六巻、人部十五巻、物部十六巻、補巻一巻、全五十六巻。姚倍謙他著。○雲鬟翠飾—（鬟はまげの意）美しく結った髪。○風韻—すぐれた趣。風趣。雅趣。○温潤—あたたかでうるおいがある。やさしい。○端正（整）—①容姿がきれいで整っている・こと（さま）。②動作・態度・行状などが、乱れた所がなく立派な・こと（さま）。○酬酢—①主人と客が互いに酒を酌み交わすこと。②応対すること。○袈裟—①インドで仏教者の着る法衣（ほうえ）のこと。中国・日本では衣（ころも）の上に左肩から右腋下へかける長方形の布をいう。○結趺—趺—足を組んで座る。○松籟鳴琴—松籟—松に吹く風の音。松風。松籟。鳴琴—①琴をかなでる。また、鳴る琴。②瀑布（滝）などの音の形容。○雨声鼓瑟—雨声—雨の降る音。雨音。鼓瑟—鼓はつづみ、太鼓。瑟シツはおおごと。○変幻—素早く現れたり消えたりすること。○風光—自然の美しいながめ。景色。○異趣—そのものから感じられるおもむき。味わい。○人間楽—人の住む世界の楽しい事柄、愉快な事柄○無窮—きわまりない・こと・（さま）。永遠。無限。○名利—名誉と利益。みょうり。○好古—古い時代の物事を好むこと。○多聞—①多くの物事を聞き知っていること。②多くの人にもれ聞こえること。○雄豪絶俗—雄豪—雄々しく強い・こと（さま）。そのような人をいう。○絶俗—①俗世間とはなれる。世俗と交わらない。②世間一般よりはるかにぬきんでている。脱俗。○高僧—①修業を積み、仏教の奥義に通じた徳に高い僧。②官の高い僧。○卓然—高くぬきんでているさま。○高致—気高いおもむき。高い境地。○慶応丙寅—慶応二年（一八六六）。

慶応二年二月二十五日、この「静古山雅集記」を作ったことは「御用日記」からも確認できる。
○東郭逸人―郭は中国でいう外城。ここの東郭は本城（本丸）の東側の御座所のことかと思われる。春嶽は天保一四年（一八四三）に入国すると、西三の丸に御座所を移されて、元治元年（一八六四）までこの地に置かれていた。（＊春嶽三十七歳）（『福井市史』資料編別巻、絵図・地図、の八十七頁上段十七～十九行）。その後、御座所を東に移しているので、ここはその東の御座所のことであると思われる。逸人とは隠者の意味。（隠居して）本城の東に住む隠者、の意味であろう。

○なお、もと松平家の別邸であって、のちに藩邸となった「養浩館」ついては、【明治十七年（一八八四）には、松平春嶽により「養浩館」と名付けられた。また、この名称は『孟子』の言葉「浩然の気を養う」に由来すると言われている。】と記している（後掲書の八十四頁参照）。言うまでもなく『孟子』公孫丑章句上篇の「我善養吾浩然之氣」（我善く吾が浩然の気を養ふ）から採ったものである。因みに、明治十七年は、春嶽は五十七歳で政界を完全に退いている。そういう立場になってから、こういう命名をした春嶽の気持とは、いかなるものであったのだろうか。

なお、春嶽の漢詩文作品を見ると、万延元年・一八六〇年・三十三歳頃の作品に『孟子』盡心章句下篇の「民爲貴、社稷次之、君爲輕。」（民を貴しと為し、社稷之に次ぎ、君を軽しと為す）の文について「民爲貴説」という漢文の論文を書いている（『春嶽遺稿』巻一所収。巻頭より第四十七番目の作品）。春嶽は、『孟子』をよく読んでいたと思われる。また、「養浩館」については、由利公正に明治二十四年冬日に記した「養浩館記」がある。（後掲書の七十五頁参照）

（後掲書・『名勝養浩館（旧御泉水屋敷）庭園保存活用計画』福井市教育委員会文化課編、二〇一六年三月、同課出版、参照）。

（人名）

○中雪江―中根雪江・なかねせっこう。文化四年（一八〇七）～明治十年（一八七七）七十一歳。福井の人。幼名は榮太郎。通称は靭負《ゆきえ》。諱は師質《もろかた》。致仕後は号の雪江を通称とし、拘堂、拙舟、松陰漁翁と号した。同藩士中根衆諧の長男で、中根家は代々家禄七〇〇石の上級藩士であった。二十四歳で家督を相続。翌天保二年（一八三一）側用人見習となり江戸藩邸に勤務する。その際、平田篤胤に国学を学んだことは、その後の彼に大きな影響を与えた。天保九年（一八三八）、第十六代藩主となった松平慶永の侍臣として、その後の抜本的な藩政改革に極めて重要な役割を果たした。また安政期の将軍継嗣問題や条約締結問題で慶永が一橋派を主導した際、その謀臣として、橋本左内や村田氏寿らの懸命な活動の後ろ楯となった。しかし井伊幕閣専制政権の反撃により、安政五年（一八五八）七月、慶永が失脚すると、中根は帰藩してしばらく情勢を見守った。その後文久元年（一八六一）正月、側用人となり、翌二年慶永が政界に復帰して政事総裁職になると、中根も再び福井藩論の公武合体路線を強力に推し進めた。翌三年の「挙藩上洛計画」にあたっては、親藩家門の立場からの慎重論を持して横井小楠らの積極論と対立しいったん失脚したが、同年十月、側用人に復帰した。慶応三年（一八六七）の王政復古により、新政府の参与に起用され内国事務掛の要職を担ったが、在任四か月で中央政局から退いた。以後帰藩して坂井郡宿浦に閑居し、松陰漁屋と称して自適生活を送った。彼の政治的立場は、横井小楠・由利公正・村田氏寿・長谷部甚平らの改革派に比べると、かなりの守旧性を帯びるが、公武合体の藩論の統一にはむしろ積極的であった。

幕末維新期の内外多難なときにあって、慶永の第一の側近として東奔西走したが、こうした注目すべき福井藩の動向を、丹念に記録に留めた。そのうち『昨夢紀事《さくむきじ》』『再夢紀事』『丁卯日記《ていぼう》』『戊辰日記』『奉答紀事』は、維新資料として高く評価されている。生家跡（福井市宝永四丁目神明神社前）には石碑があり、佐佳枝廼《さかえの》社の境内には中根の頌徳碑が立っている。（『郷土歴史人物事典』八十六～八十八頁）

○富欧波―富田歐波・とみたおうは。天保七年（一八三六）～明治四〇（一九〇七）七十二歳。福井城下で生まれた。名は久稼。字は美卿・厚積《あつみ》。号は歐波・病虎山人・凹県逸士。藩儒高野真斎らに詩賦を学ぶ。二十三歳明道館の典籍及び句読師となった。翌年藩命により江戸に赴き、安積艮斎・安井息軒・藤森弘庵・大橋訥庵・大沼枕山・鷲津毅堂などの昌平学派の碩学に師事して経史・詩文を修め、また江戸藩邸学問所で教授した。時に藩主松平慶永に従い京で国事に奔走、帰藩し、明道館教師兼外塾師となる。維新後も明新館に勤め、明治三年（一八七〇）学事取調御用として沼津兵学校橋頭西周《にしあまね》らに教育制度や方法を学び教育刷新を図った。五年、足羽県権大属学校掛中学教授として管内各地に小学校、市内では小学校のほか女子小学校開設など学制実施や外人教師招聘につとめ、不足する学校費に給料を寄付し、官民の共感を得て施設を充実させた。また県初の新聞「提要新聞」を編集発行し、福井県新聞界の草分けとなる。翌年中学校全廃論に反発し、県を去り各地を転勤、帰郷。十二年（一八七九）中学が再興され、初代明新中学校長となる。十八年辞官。資性は綱毅にして権貴に媚びず、正論を通し、諧和するところが少なかった。退職後は詩文に専念した。（『郷土歴史人物事典』一三六～一三八頁）

なお、著作に『還読斎遺稿』二巻、『藤島余芳』一巻がある。また、福井市の足羽山に「富田歐波之墓」がある。

○大怡斎―大島怡斎・おおしまいさい。天保十三年（一八四二）～大正六年（一九一七）七十六歳。福井の人。名は正人。字は君朴。貞介・六蔵・淳平を通称とした。切米十二石三人扶持の下士の家に生まれ、安政二年（一八五五）三月に父新助の家督を相続している。文久元年（一八六一）三月には横井小楠の帰国に際して同行。元治元年（一八六四）明道館の典籍方・書記方、慶応元年（一八六五）五月に句読師・書記方、維新後は藩の文学所大訓導などを務めている。内務省に出仕し、一等警視となった。詩は、初め同郷の鈴木蓼処と共に鱸松塘の七曲吟社に学び、傍ら森春涛の茉莉凹巷処にも出入りして、「新文詩」に稿を寄せた。のち、さらに岡本黄石の麴坊吟社に入って、「黄石門の高足」と称され、詩学に精通した。詩は諸体をこなし、格調も高く、永井禾原・阪本三橋・野口寧斎などと親交があった。

○青碧處―青木碧處＝青木成一。隼人を明治二年に成一と改名。福井藩士。知行百五十石の中士・青木七郎（輔嗣）の子。部屋住み時代の文久三年（一八六三）十月、松平春嶽の上京に同行を命じられた。慶応二年（一八六六）からは兵科取調や兵学所詰、軍事方などを命じられており、禁門の変、戊辰戦争にも出陣している。明治二年に、武学所少訓導、文学少訓導を経て、東京府に出仕している（『福井藩士履歴1』福井県文書館、平成二十五年二月二十三日発行の七七～七九頁より抜萃）。松平春嶽・鈴木蓼処らと共に『東京才人絶句』に漢詩七首が採録されている。熊谷直光と共著による『松塘釣閣七十壽詞』などがある。

○半南陽―半井南陽・なからいなんよう・（半井仲庵・なからいちゅうあん）・半井保（一八一二～一八七一）福井藩医。字は元沖・もとおき、号は南陽。晩香。大阪の中川修亭らに学び、春嶽の信頼が厚く越前での西洋医学の基礎を作った。部屋住み時代の天保三年（一八三二）五月に藩の御匙医に任じられ、同八年奥御医師、十一年に父の家督を相続し、知行百五十石五人扶持。享年六十歳。

『春嶽遺稿』第一巻に「半井南陽墓表」松平春嶽作、がある。また、福井市の足羽山に「半井南陽之墓」がある。

○香甘谷―香西成。諱は久成。山三郎・敬左衛門を通称とした。嘉永四年（一八五一）正月に父益太郎の知行百石を相続。松平春嶽附の小姓、小姓頭取を務め、文久四年五月以降は御側向き頭取に任じられている。廃藩後は松平家の準家扶を務め、松平春嶽家の用人、準家扶、明治五年の新橋横浜間の鉄道開通の際には、春嶽・同夫人などとともに開業式典に列席している（鉄道友の会福井支部編『わだち』平成二十四年五月号に記事がある）

○鈴蓼處―鈴木蓼處・すずきりょうしょ。天保二年（一八三一）～明治十一年（一八七八）四十八歳。福井県人。名は魯。字は敬玉。号は蓼処。謙助・?助を通称とした。知行百石の中士・鈴木百助（準貞）の子で、家督前から明道館の句読師、外塾勤などを命じられた。文久二年（一八六二）三月に松平春嶽の御詩作御相手を命じられ、以後、その側近くにあった。慶応二年（一八六六）十月に父の家督を相続、維新後は明道館訓導、明新館佐教を歴任した。廃藩後は安政四年（一八五七）福井藩校明道館の句読師となり、明治七年（一八七四）東京に出て教部省大丞となった。森春涛の茉莉吟社に入って詩を学び、詩を善くした。川田甕江、小野湖山・三島中洲・野口松陽など昌平学派の学者と親交があり、互いに詩文を研学した。明治四年刊の『明治三十八家絶句』に作品が載っている。著に「蓼處詩文稿」、「大雲山旁文鈔」がある。

○主人の復斎―本多修理。本多修理は前出、「吉田東篁先生伝」参照。
○復斎の妻―現在不詳。
○復斎の（娘）少女―衣（きぬ）
○復斎の男―『幕末維新公用日記』巻末の「越前本多家系譜」によると、正脩は復斎（敬義。通称は修理）の実子ではなく、その先代方真の実子（系図上は甥）であり、源四郎と称した人物。安政四年（一八五七）四月に復斎は隠居し、知行二六〇〇石のうち一三〇〇石のみを正脩が相続。したがってここに出てくるのは正脩ではなく、実子の勝三郎（貴一）。
　＊松平文庫「御用日記」同日条には「勝三郎」の名が見える。
○矢立軒―矢島立軒・やじまりっけん。文政九年（一八二六）～明治四年（一八七一）四十六歳。漢学者・福井藩儒。前出。「靜古山莊記」参照。
○雪爪老禅―鴻雪爪・おおとりせっそう（一八一四～一九〇四）宗教家。孝顕寺住職。大教院長。前出。「靜古山莊記」参照。
○長鷗客―長沢鷗客。前名は松平主馬、諱は正方。知行三千二百石の上士で嘉永二年（一八四九）正月から家老職。のちにいわゆる文久の政変により蟄居を命じられ、慶応元年（一八六五）に許されて隠居扱いとして長沢鷗客と改名。同二年四月には再び家老職に任じられている。。松平道太郎の「養隠居」が長沢鷗客。
　松平道太郎の戸籍の記述の欄外記事。

「福井藩家老松平主馬長沢氏、三秀園は文政三年頃、父建築の数寄造住宅。」

（福井市立図書館長　石橋重吉編『幕末維新福井名流戸籍調』福井市立図書館　昭和十七年発行、六三頁）

＊ここでは、隠居名として長沢姓を使っていることが判る。

＊なお、三秀園は文政三年（一八二〇）福井藩の家老であった松平主馬の別邸として、御舟町（現在の照手町）に建てられた。その後、管理者、用途など、紆余曲折を経たが、昭和二十年（一九四五）空襲で建物などを焼失した。

現存の「靜古山莊」について

福井市足羽山公園のふもと、加茂河原町一丁目に、現在は「（史跡）料亭」になっている「丹巌洞」がある。これに隣接して南側に平屋建ての建物があり、そこには「靜古山莊」という横額が掛かっている。

「靜古山莊」とはいうまでもなく、福井藩家老・本多修理の建てた別荘であるが、いつの頃か腐朽し、取りこわされた。それで、丹巌洞の主人が、昭和二十六年（一九五一）一棟の瀟洒な建物を造り、昔を偲んで「靜古山莊」の名を襲用したということである。したがって、現在あるものは元の「靜古山莊」ではない。また、似ているかどうかも審らかではない。（二〇一七年十一月一日、二日、面談調査）

後書き

本書をまとめるまでの経過を記しておきたい。

(一) 本稿の第二部は、昭和六十一年(一九八六)十二月十四日(日) 福井漢文学会 第三十六回大会(於・シテイホテルフクイ)で「『東篁遺稿』初探」と題して発表したものを骨子としている。

(二) 昭和六十三年(一九八八)六月十日、十七日、鯖江市「高年大学」で、(一)を使って講義をした。その際に、作品を具体的に示した資料を準備した。

(三) 右の原稿をまとめて、「『東篁遺稿』初探―吉田東篁と陶淵明―」と題し、大学の研究紀要に発表した。『敦賀論叢』(敦賀女子短期大学紀要)第三号― 昭和六十三年(一九八八)十二月二十五日発行。

(四) 二〇一六年々度末「楽天の会」は、『東篁遺稿』を学習すると決定した。そして、右の紀要の抜き刷りを利用する、ただし、「紀要」の論文には、元の漢詩に「制作年」と「書き下し文」をつけただけのものである。そこで吉田東篁の作品に前川が注釈(題意、押韻、通釈、語釈、考察、余説)を付ける、また、巻頭の「短歌」「漢詩」「漢文」の註釈、及び「附録」の『記』の注釈も、全て前川が付ける。その草稿を、福井市のフェニックスプラザにある福井市日本中国友好協会の事務室で複写した。そして、二〇一六年の五月から十七年六月にかけて(途中の一月から三月は前川が準備のため休会)、事務室のとなりの会議室で「楽天の会」の勉強会で学習した。(福井市日本中国友好協会、及び事務室の方々の協力にお礼申し上げます）そして、その勉強会で出た疑問、意見、出席者が他の書物などで知った情報などを出し、検討しながら読み進めた。

＊なお、「勉強会」開始以前、及び勉強会開始以後に出た疑問点などの調査に協力し、お教え頂いたのは、以前は（中国）陝西師範大学教授馬歌東氏（現在は退職）である。以後は福井県立図書館の長野栄俊氏、福井市立郷土歴史博物館の印牧信明氏、福井市立図書館の田中元春氏である。特に長野氏には記述の不足を綿密に補って頂くなど大変お世話になりました。皆さまに心より感謝申し上げます。

本書は『東篁遺稿』の「漢詩」についての最初の研究書である。この小著によって、幕末の動乱期に生きた藩校の一教授・儒学者・吉田東篁の心情と、福井藩の当時の情況が少しでも理解して頂けるならば、誠に有難い。また、この小著が、さらなる研究の案内書の一つにでもなるならば、それは望外の幸せというものである。さらに、福井県に多く残されているこのような漢詩文に関心を持って下さる人が、一人でも多く現れて下さるならば、詩文の作者たちはもちろん、先人を尊敬してやまない「楽天の会」会員としても大変嬉しいことである。

平成二十九（二〇一七）年七月吉日

勉強会参加者、竹下清（竹泉）、宮崎昌人（楽趣）、山岸敏克、及び、傘寿の老叟　前川幸雄（華原）記す。

＊本書の出版に対し、元福井大学学長児嶋眞平先生から思いがけず多額の「醵金」を頂戴致しました。厚くお礼申

し上げます。

また、朋友書店の土江洋宇社長、担当の石坪満様には、いつも変らぬご配慮を頂き、深く感謝申し上げます。

平成二十九（二〇一七）年十二月二十日

前川幸雄　記

著者略歴

前川幸雄（まえがわゆきお）

　一九三七年（昭和十二年）福井県勝山市に生まれる。
福井県立勝山高等学校普通科を卒業。
國學院大學大学院文学研究科博士課程単位取得満期退学。
福井高専名誉教授。
上越教育大学教授、福井大学教授、仁愛大学人間学部講師を歴任。
（主要研究書）
『元稹研究』花房英樹・前川幸雄共著（彙文堂書店、一九七七年）
『柳宗元歌詩索引』（朋友書店、一九八〇年）
『橘曙覧の漢詩　入門』（以文会友書屋、二〇〇九年）
『鯖江の漢詩集の研究』（朋友書店、二〇一五年）
（その他）
中国の現代詩の翻訳詩集（小説集を含む）、口語自由詩の詩集、
いずれも数冊を刊行。

『東篁遺稿』研究—吉田東篁と陶淵明—
（福井県漢詩文研究叢書）

二〇一八年三月二十三日　第一刷発行
定価　三、〇〇〇円（税別）

著　者　前川幸雄
発行者　土江洋宇
発行所　朋友書店

〒六〇六-八三一一　京都市左京区吉田神楽岡町八
電話（〇七五）七六一―一二八五
FAX（〇七五）七六一―八一五〇
E-mail:hoyu@hoyubook.co.jp

印刷所　株式会社図書印刷同朋舎

ISBN978-4-89281-167-8 C3092 ¥3000E